MIGUEL DE UNAMUNO

San Manuel Bueno, mártir

*Con cuadros cronológicos,
introducción, bibliografía, notas y
llamadas de atención,
documentos y orientaciones
para el estudio
a cargo de*

Joaquín Rubio Tovar

© Editorial Castalia, 1987
Zurbano, 39 - Madrid 28010 - Teléf.: 419 89 40
Cubierta de Víctor Sanz
Impreso en España. Printed in Spain
Unigraf, S. A. Fuenlabrada (Madrid)
I.S.B.N.: 84-7039-428-2
Depósito legal: M-35232-1988

SUMARIO

Año	Acontecimientos históricos	Vida cultural y artística
1864		Tolstoi, *Guerra y paz*.
1868	Revolución llamada «La Gloriosa».	Wagner, *Los maestros cantores*.
1870	Amadeo de Saboya es elegido rey de España. Asesinato del general Prim.	Pérez Galdós, *La fontana de oro*. Nace Ignacio Zuloaga.
1873	Comienza la tercera guerra carlista. Abdicación de Amadeo. Se proclama la Primera República.	Nace Azorín. Galdós inicia los *Episodios nacionales*. Nace Proust.
1874	Bombardeo carlista contra los liberales, refugiados en Bilbao. Sublevación de Martínez Campos y restauración de la Monarquía (Alfonso XII).	Alarcón, *El sombrero de tres picos*. Valera, *Pepita Jiménez*. Grieg, *Peer Gynt*.
1880	Guerra angloboer. Ley de abolición de la esclavitud en Cuba.	Nace Azaña. Dostoievsky, *Los hermanos Karamazov*.
1884		Clarín, *La Regenta*. Galdós, *Tormento*.
1885	Comienza la regencia de María Cristina, al morir Alfonso XII.	Muere Rosalía de Castro. Nietzsche, *Más allá del bien y del mal*.
1889	Se promulga el Código civil.	Galdós inicia las novelas de *Torquemada* (1889-95).
1891	León XIII, *Rerum novarum*.	Nace Pedro Salinas. Conan Doyle, *Las aventuras de Sherlock Holmes*. Clarín, *Su único hijo*.
1892		Rubén Darío viene a España por primera vez.

Vida y obra de Miguel de Unamuno
Nace en Bilbao el 29 de septiembre.
Muere su padre.
Vive en Bilbao los episodios de la guerra carlista que después recreará en *Paz en la guerra*.
Estudia Filosofía y Letras en la Universidad de Madrid. En estos años, hasta 1892 según confesión propia, lee cuanto cae en sus manos: filosofía (Kant, Hegel), psicología (Wundt, James...) y se interesa también por la filología. Visita con asiduidad el Ateneo.
Lee su tesis doctoral: *Crítica del problema sobre el origen y prehistoria de la raza vasca*.
Profesor en el colegio de San Antonio, en Bilbao.
Viaje a Francia y a Italia.
Se casa con Concha Lizárraga, el único amor de su vida, *su costumbre*, como él la llamaba. Catedrático de griego en la Universidad de Salamanca, donde se instala para siempre.
Nace su primer hijo.

Año	Acontecimientos históricos	Vida cultural y artística
1894		Dvorak, *Sinfonía del Nuevo Mundo*. Kipling, *El libro de la selva*.
1895	Movimientos independentistas en Cuba y Filipinas.	Primer cinematógrafo de los hermanos Lumière.
1896		Rubén Darío, *Prosas profanas*. Valera, *Juanita la Larga*.
1897	Asesinato de Cánovas del Castillo.	Muere Brahms. Galdós, *Misericordia*. Ganivet, *Idearium español*.
1898	La flota de los Estados Unidos derrota a la Armada española en Santiago de Cuba. Tratado de París, por el que España pierde Cuba, Puerto Rico y Filipinas.	Nacen García Lorca, Aleixandre, Dámaso Alonso y Pemán. Costa, *Colectivismo agrario*.
1899		Ravel, *Pavana para una infanta difunta*.
1900	Unión Nacional: Gobierno Azcárraga.	Juan Ramón Jiménez, *Almas de violeta*, *Ninfeas*. Plank, *Teoría de los quanta*.
1902	Alfonso XIII accede al trono, con lo que termina la Regencia de María Cristina.	Nace Alberti. Baroja, *Camino de perfección*. Azorín, *La voluntad*. Valle empieza las *Sonatas*. Mahler, *Quinta sinfonía*.
1903	Ford funda sus fábricas de automóviles. Primer vuelo de los hermanos Wright.	Nace Max Aub. Baroja, *El mayorazgo de Labraz*. T. Mann, *Los Buddenbrock*. Descubrimiento del radio (Curie-Becquerel).
1905		Nace Sartre. Falla, *La vida breve*. Menéndez Pelayo, *Orígenes de la novela*. Einstein: teoría de la relatividad restringida. Se abren al público las primeras salas de cine.

Vida y obra de Miguel de Unamuno

A partir de 1892 Unamuno se empieza a interesar por el socialismo, pero es en 1894 cuando ingresa en el Partido socialista. Colabora en el periódico *La lucha de clases* hasta 1897 y lee obras de Marx. Nace su segundo hijo.

En torno al casticismo. Colabora en *Der sozialistischer Akademiker* de Berlín.

Comienza a desviarse de la ortodoxia marxista según demuestra su artículo «Signo de vida», en el que afirma que las disensiones dentro del socialismo son signo de vida, no de descomposición. Nace su tercer hijo, Raimundo, que sufre un ataque de meningitis a consecuencia del cual se le desarrolla una hidrocefalia.

Profunda crisis religiosa. Se da de baja en la Agrupación socialista de Bilbao. Publica *Paz en la guerra* (novela) y empieza su Diario.

La esfinge (teatro). Se retira de la oposición a la cátedra de Filología Comparada que ganó Menéndez Pidal. *La vida es sueño* (ensayo).

La venda (teatro). *Nicodemo el fariseo* (pequeño ensayo). Primer encuentro con Ortega.

Es nombrado rector de la Universidad de Salamanca. *Tres ensayos (¡Adentro!, La ideocracia, La fe)*. Nace su cuarto hijo.

Muere su hijo Raimundo. Nace su hija María. *Amor y pedagogía* (novela). *Paisajes*.

De mi país (descripciones, relatos y artículos de costumbres). Conoce a Emilia Pardo Bazán.

Vida de don Quijote y Sancho. Nace su hijo Rafael.

Año	Acontecimientos históricos	Vida cultural y artística
1907	Gobierno de Maura.	A. Machado, *Soledades, galerías y otros poemas*. Picasso, *Las señoritas de Avignon*.
1908		Valle, *Romance de lobos*. Principios del cubismo (Gris, Picasso, Braque).
1909	Semana Trágica de Barcelona. Ejecución de Ferrer. Desastre del Barranco del Lobo (Melilla).	Baroja, *Zalacaín el aventurero*. Benavente, *Los intereses creados*.
1910	Canalejas forma gobierno. Jorge V, rey de Inglaterra.	Nace Miguel Hernández. Russel, *Principia matematica*. Stravinsky, *El pájaro de fuego*.
1911	Se crea la Confederación Nacional de Trabajo (CNT). Amundsen llega al Polo.	Baroja, *El árbol de la ciencia*. Muere Gustav Mahler.
1912	Asesinato de Canalejas. Ortega, Azaña, etc., fundan la Liga de Educación Política. Tratado hispano-francés sobre Marruecos.	Azorín, *Castilla*. A. Machado, *Campos de Castilla*. Valle-Inclán, *Voces de gesta*.
1913	Eduardo Dato forma gobierno. Las tropas españolas ocupan Tetuán.	Pérez de Ayala, *Troteras y danzaderas*. Freud, *Totem y tabú*. Stravinski, *Consagración de la primavera*.
1914	Estalla la Primera Guerra Mundial. España se mantiene neutral. Batalla del Marne.	Ortega y Gasset, *Meditaciones del Quijote*. Proust, *En busca del tiempo perdido*.
1915		Muere Giner de los Ríos, fundador de la Institución Libre de Enseñanza. Kafka, *La Metamorfosis*. Saussure, *Curso de Lingüística general*.
1916	Batalla de Verdún.	Muere Rubén Darío. Nace Camilo José Cela. Ortega empieza *El espectador*.

Vida y obra de Miguel de Unamuno
Poesías.
Recuerdos de niñez y mocedad.
Escribe *La princesa doña Lambra* (teatro).
Mi religión y otros ensayos. El pasado que vuelve (teatro). *Fedra* (teatro). Nace su hijo Ramón.
Por tierras de Portugal y España. Soliloquios y conversaciones. Rosario de sonetos líricos.
Del sentimiento trágico de la vida en los hombres y en los pueblos (ensayo). *Contra esto y aquello* (artículos). Escribe *El pasado que vuelve* (teatro). Aparecen en un volumen *La venda, La difunta* y *La princesa doña Lambra* (teatro). *El porvenir de España* (correspondencia entre Ganivet y Unamuno publicada en *El defensor de Granada*).
El espejo de la muerte (cuentos).
El ministro de Instrucción Pública y Bellas Artes destituye a Unamuno del cargo de rector. Publica *Niebla* (novela). Comienza a escribir *El Cristo de Velázquez* (poesía).
Unamuno participa en campañas en favor de los aliados.
Nada menos que todo un hombre (Julio Hoyos la transformó en obra teatral en 1925 con el título de *Todo un hombre*).

Año	Acontecimientos históricos	Vida cultural y artística
1917	Revolución rusa y derrocamiento del zar Nicolás II. Importantes huelgas en España. Estados Unidos entra en guerra con Alemania.	Juan Ramón Jiménez, *Diario de un poeta recién casado*. A. Machado, *Poesías completas* (1.ª edición).
1918	Acaba la Primera Guerra Mundial. Gobierno de Maura.	Spengler, primer tomo de *La decadencia de Occidente*.
1920	En estos años Gandhi llama al pueblo indio a la resistencia pasiva.	Muere Galdós. León Felipe, *Versos y oraciones del caminante*. Valle-Inclán, *Luces de bohemia* (primera versión).
1921	Asesinato de Eduardo Dato. Desastres de Annual y Monte Arruit.	Ortega, *España invertebrada*. García Lorca, *Libro de poemas*. Wittgenstein, *Tractatus logicus philosophicus*.
1922	Marcha sobre Roma de Mussolini. La Cierva inventa el autogiro.	Miró, *Nuestro padre San Daniel*. Joyce, *Ulises*. R. M. Rilke culmina las *Elegías de Duino*, iniciadas en 1912.
1923	Comienza la dictadura del general Primo de Rivera. Intento de golpe de estado de Hitler y Ludendorff.	Ortega funda la *Revista de Occidente*.
1924	Muere Lenin.	Nace Luis Martín Santos. Machado, *Nuevas canciones*. Neruda, *Veinte poemas de amor y una canción desesperada*. Breton, *Manifiesto surrealista*.
1925	Mueren Pablo Iglesias y Maura.	Ortega, *La deshumanización del arte*. Alberti, *Marinero en tierra*. Diego y Alberti reciben el Premio Nacional de Literatura. Heisenberg, Bohr y Jordan, *Mecánica cuántica*.
1926		Valle-Inclán, *Tirano Banderas*. Valèry, *El cementerio marino*. Eisenstein, *El acorazado Potemkin*. Muere R. M. Rilke.

Vida y obra de Miguel de Unamuno
Abel Sánchez (novela). Visita el frente italiano de Udina.
El Cristo de Velázquez (poesía). *Tres novelas ejemplares y un prólogo (Dos madres, El Marqués de Lumbría, Nada menos que todo un hombre)*. Es nombrado candidato socialista para el Congreso de diputados. Sus compañeros le eligen decano de la Facultad de Filosofía y Letras.
La tía Tula (novela). *Raquel encadenada* (teatro). *Soledad* (teatro). Es elegido vicerrector de la Universidad.
Andanzas y visiones españolas (artículos, ensayos, crónicas en prosa encabezadas por cuatro sonetos). *Sensaciones de Bilbao*.
Rimas de dentro (poesía).
El 20 de febrero, Unamuno es cesado en los cargos de vicerrector y decano y desterrado a la isla de Fuerteventura. El 9 de julio es indultado, pero él se destierra voluntariamente a Francia. Hasta el 25 de agosto de 1925 vive en París (donde conoce al poeta Rainer María Rilke). Publica *Teresa (Rimas de un poeta desconocido, presentadas y presentado por Miguel de Unamuno)* y *Alrededor del estilo*.
Se asienta en Hendaya, muy cerca de su patria vasca, y espera allí la caída de la Dictadura. *L'agonie du Christianisme* (ensayo traducido al francés por Jean Cassou). *De Fuerteventura a París (Diario íntimo de confinamiento y destierro vertido en sonetos)*.
El otro (teatro), *Sombras de sueño* (teatro, titulado primero *Tulio Montalbán y Julio Macedo)*. Estreno de *Raquel encadenada*.

Año	Acontecimientos históricos	Vida cultural y artística
1927		Los poetas de la generación del 27 celebran el centenario de Góngora. Heidegger, *Ser y tiempo*.
1928		Fleming descubre la penicilina.
1929	Quiebra de Wall Street: crisis económica mundial. Comienza la dictadura de Stalin.	
1930	Cae la Dictadura de Primo de Rivera y se instaura la «Dictablanda» del gobierno Berenguer. Levantamiento militar en Jaca a cargo de los capitanes Galán y García Hernández.	García Lorca, *La zapatera prodigiosa*. Sender, *Imán*. Ortega, *La rebelión de las masas*.
1931	El 14 de abril Alfonso XIII abandona España. Se instaura la Segunda República. Gobierno de Azaña. Generalitat de Cataluña.	García Lorca, *Poema del cante jondo*. Chaplin, *Luces en la ciudad*.
1932	Pronunciamiento de Sanjurjo en Sevilla. Ley de Bases de la Reforma Agraria.	García Lorca y Ugarte fundan el teatro universitario «La Barraca».
1933	Matanza de Casas Viejas. Se constituye la CEDA de Gil Robles. José Antonio Primo de Rivera funda Falange Española. Triunfo de las derechas en las elecciones. Comienza la era Roosevelt.	Salinas, *La voz a ti debida*. Miguel Hernández, *Perito en lunas*.
1934	Falange se funde con las JONS. Revolución de octubre en Cataluña y Asturias.	Muere Ramón y Cajal. Aleixandre, *La destrucción o el amor*. A. Machado inicia su *Juan de Mairena*.
1935		

Vida y obra de Miguel de Unamuno
Cómo se hace una novela. Romancero del destierro (37 poesías sueltas y 18 romances). Se publicó el año siguiente en Buenos Aires.
Inicia en febrero de 1928 su diario poético, el *Cancionero*, que sólo interrumpirá su muerte. Fue publicado en 1953 por García Blanco.
El hermano Juan o el mundo es teatro (teatro).
Al caer la Dictadura regresa a España, donde se le recibe apoteósicamente. Escribe *San Manuel Bueno, mártir*. Estreno de *Sombras de sueño*. *Dos artículos y dos discursos*.
Rector de la Universidad de Salamanca. Presidente del Consejo de Instrucción Pública. Diputado en Cortes por Salamanca. Muere su mujer. Publica *San Manuel Bueno, mártir* y aparece en español *La agonía del cristianismo*.
Deja de publicar en el periódico *El Sol* y comienza a hacerlo en *Ahora*.
Unamuno decide no presentarse a la reelección como diputado en los comicios de 1933. Aparecen en un mismo volumen *La novela de don Sandalio, jugador de ajedrez*, *Un pobre hombre rico o el sentimiento cómico de la vida* y *Una historia de amor* junto con *San Manuel Bueno, mártir*. Versión de *Medea* de Séneca, estrenada ese mismo año.
Se jubila de su actividad docente al tiempo que es nombrado Rector vitalicio de la Universidad. Se crea una cátedra que lleva su nombre. Doctor «honoris causa» por la Universidad de Grenoble. Publica *El hermano Juan o el mundo es teatro (Vieja comedia nueva)*. *Cuaderno de la Magdalena*.
Candidato al Premio Nobel de Literatura.

Año	Acontecimientos históricos	Vida cultural y artística
1936	16 de febrero: victoria del Frente Popular en las elecciones. 17-18 de julio: sublevación militar contra el Gobierno de la República. Comienza la guerra civil.	Mueren Valle-Inclán y García Lorca. M. Hernández, *El rayo que no cesa*.

Vida y obra de Miguel de Unamuno

Doctor honoris causa por la Universidad de Oxford. Azaña le destituye como rector de la Universidad. Poco después el general Cabanellas le confirma en su cargo. Enfrentamiento con Millán Astray en la Universidad de Salamanca, el 12 de octubre. Franco le vuelve a destituir de su cargo. Arrestado en su domicilio, muere el 31 de diciembre. Unos días antes había escrito su último poema:

> Morir soñando, sí, mas si se sueña
> morir, la muerte es sueño...

Introducción

I. El Unamuno agónico

1. *El joven Unamuno*

Cuando el corazón de Miguel de Unamuno deja de latir el último día del año 1936, deja atrás una obra gigantesca. Además de por su magnitud y su intensidad, llaman en seguida la atención los muchos cauces por los que se desparrama: ensayos, artículos de periódico, poesía, novela, teatro, libros en los que reflexiona sobre sus viajes, etc. Pero no sólo destaca por la variedad de los géneros y temas que cultiva, sino también por la originalidad con que los aborda. Decía Pérez de Ayala que don Miguel había utilizado los géneros literarios como si fueran literalmente «géneros», es decir, piezas de tela que él cortaba a su medida, según sus necesidades e intereses.

Unamuno comenzó siendo un escritor costumbrista, preocupado a su vez por cuestiones sociales. Sus primeros artículos, aparecidos en periódicos vascos (*El Noticiario bilbaíno*, *Diario de Bilbao*, etc.), sirvieron con el tiempo de base para su libro *De mi país* (1903). En sus años de estudiante en Madrid, Unamuno fue un lector empedernido: filosofía, psicología, filología, etc. A partir de 1894 don Miguel comenzó a interesarse por el método científico positivo y por la idea de evolución y progreso que proponía Spencer (1820-1903) en sus obras. Este caudal de lecturas le alejó de la fe religiosa de la infancia y orientó sus intereses en otra dirección.

En los años siguientes, Unamuno se dedicó a los estudios filológicos. Sin embargo, si se analiza su correspondencia a partir de 1890, se observa un creciente interés hacia los problemas sociales, que cuajó en colaboraciones en revistas socialistas, nacionales y extranjeras:

> Me puse a estudiar —dice en una carta de 1894— la economía política del capitalismo y el socialismo científico a la vez, y ha acabado por penetrarme la convicción de que el socialismo limpio y puro, sin disfraz ni vacuna, el socialismo que inició Carlos Marx con la gloriosa Internacional de trabajadores, y al cual vienen a refluir corrientes de otras partes, es el único ideal hoy vivo de veras, es la religión de la humanidad.

Pero estas convicciones no duraron mucho. Ya en 1895, año de *En torno al casticismo*, pueden rastrearse algunas desavenencias con la ortodoxia marxista que desembocaron en la ruptura definitiva con el partido socialista en 1896.

2. *En torno al casticismo: el Unamuno agónico y el contemplativo*

La aparición de *En torno al casticismo* hay que explicarla a partir de la polémica suscitada a finales del siglo XIX sobre los males que aquejaban a España. Se trataba de analizar el estado de postración del país y de proponer unas soluciones. Un pueblo, dice Unamuno, debe conocer a fondo su historia para conocer su personalidad. Ahora bien, don Miguel no se refería a la historia que recogen los libros, es decir, la historia de los reyes, los cambios de gobierno o las batallas, pues esta sólo habla de hechos superficiales y cambiantes. Los verdaderos protagonistas, aquellos en los que se apoya el curso de la historia, son los seres anónimos que realizan su tarea día a día, al margen de que ganen unos u otros la guerra, sin que influya en su quehacer que gobierne este rey o aquel. Estos seres anónimos, o como dice Unamuno, *intrahistóricos*, no aparecen en los libros de historia y no protagonizan hechos relevantes. Frente a lo cambiante, frente a la historia, la *intrahistoria* no cambia, es eterna y ella es la que verdaderamente debemos conocer. Unamuno explicó este concepto con una expresiva metáfora:

> Las olas de la Historia, con su rumor y su espuma que reverbera al sol, ruedan sobre un mar continuo, hondo, inmensamente más hondo que la capa que ondula sobre un mar silencioso y a cuyo último fondo nunca llega el sol. Todo lo que cuentan a diario los periódicos, la historia del 'presente momento histórico' no es sino la superficie del mar, una superficie que se hiela y cristaliza en los libros y registros, y una vez cristalizada así, una capa dura, no mayor con respecto a la vida intrahistórica que esta pobre corteza con relación al inmenso foco ardiente que lleva dentro. Los periódicos nada dicen de la vida silenciosa de los millones de hombres sin historia que a todas horas del día y en todos los países del globo se levantan a una orden del sol y van a sus campos a proseguir la oscura y silenciosa labor cotidiana y eterna, esa labor que como la de las madréporas suboceánicas echa las bases sobre que se alzan los islotes de la Historia. Sobre el silencio augusto, decía, se apoya y vive el sonido; sobre la inmensa Humanidad silenciosa se levantan los que meten bulla en la Historia. Esa vida intrahistórica, silenciosa y continua como el mismo fondo del mar, es la sustancia del progreso, la verdadera tradición, la tradición eterna, no la tradición mentira que se suele ir a buscar al pasado enterrado en libros y papeles y monumentos y piedras.

Pero no sólo debemos tener en cuenta *En torno al casticismo* porque se formule en él el concepto de *intrahistoria* (que es además capital por lo mucho que influyó en autores como Azorín o Machado) sino porque en el fondo de esta actitud ante lo histórico se adivina ya al Unamuno contemplativo. Para conocer la tradición eterna, la silenciosa vida intrahistórica, hay que «chapuzarse en el pueblo» y este contacto es posible por medio del paisaje, pues Unamuno observaba una estrecha relación entre el espíritu del pueblo y el paisaje, hasta el punto de que acabó considerándolo «la única vía de comunión con la intrahistoria española» (Blanco Aguinaga).

Se observan, pues, en *En torno al casticismo*, dos Unamunos. Uno es el público, que toma partido ante los problemas de la sociedad en que vive, y otro que rechaza la historia y destaca la importancia del paisaje para penetrar en el espíritu del pueblo. De la actitud contemplativa, tan opuesta al autor polémico y agónico del que nos ocupamos inmediatamente, hablaremos en la segunda parte de esta introducción.

3. *El Unamuno agónico*

3.1. *La crisis de 1897*

En 1897 Unamuno parecía haber superado las dudas y vacilaciones después de haber renunciado a la fe católica. El impacto de Spencer y de los filósofos que había leído y su creciente prestigio como intelectual podían hacer pensar que sus preocupaciones religiosas habían pasado a un segundo plano. Sin embargo, la condición espiritual de don Miguel debía ser muy distinta. En una noche de marzo de 1897, Unamuno sufrió una terrible experiencia espiritual: intuyó la pérdida del ser tras la muerte, intuyó la nada. Esta vivencia le produjo un llanto inconsolable que su mujer intentó calmar. Unamuno contó y recreó después esta escena en distintos lugares. Una y otra vez destacó la actitud de su compañera, llena de cariño y comprensión:

> En un momento de suprema, de abismática congoja, cuando me vio en las garras del Ángel de la Nada, llorar con un llanto sobrehumano, me gritó desde el fondo de sus entrañas maternales, sobrehumanas, divinas, arrojándose en mis brazos: «¡Hijo mío!»

Esta tremenda experiencia dejó una huella muy profunda en el ánimo de Unamuno. En los años que siguieron a esta crisis, el Unamuno positivista se derrumbó. Los conocimientos científicos comenzaron a parecerle insuficientes para resolver lo que él consideraba el anhelo fundamental del hombre: su ansia de inmortalidad. Aparece entonces un Unamuno retraído, lejano al joven ardoroso de 1895. Es revelador comprobar cómo varía la interpretación unamuniana de la locura de don Quijote en relación con la valoración de años anteriores. Así, el escritor que en 1896 había elogiado ardorosamente la locura del hidalgo manchego y su afán por la inmortalidad, pide ahora cordura a don Quijote. Un ensayo de 1898, *La vida es sueño*, muestra su estado de ánimo:

> Si en las naciones moribundas sueñan más tranquilos los hombres oscuros su vida; si en ellas peregrinan más pacíficos por el mundo los *idiotas*, mejor es que las naciones agonicen (...). ¿No es una crueldad turbar la calma de los sencillos, y turbarla por una idea? No la hay, por grande que sea (...).
>
> Retírese el don Quijote de la Regeneración y el Progreso a su escondida aldea a vivir oscuramente, sin molestar al pobre Sancho el bueno, el simbólico idiota, sin intentar civilizarle, dejándole que viva en paz y en gracia de Dios en su atraso e ignorancia.

La crisis apartó a Unamuno de las preocupaciones sociales que le habían inquietado hasta entonces (es sintomático que no firmara el manifiesto de los tres en 1901) y dirigió su pensamiento hacia cuestiones que afectaban más al espíritu. Algunos escritos entre 1900 y 1904 revelan que un nuevo Unamuno estaba surgiendo de la crisis. Así, en 1902 volvió a ocuparse de la locura quijotesca, pero con un espíritu completamente distinto al de 1898 y próximo ya al de *Vida de don Quijote y Sancho*. Don Quijote, nos dice ahora, no debe retirarse, sino buscar su fama y soñar la inmortalidad:

> Los mejores servidores de la república son los que más se cuidan del aumento de su honra, y cuanto a más ancho espacio y a más largo tiempo anhele uno que su renombre alcance, tanto mayor será la fuerza con que a su república sirva.

Unamuno parecía haber recobrado energías tras la profunda meditación de 1897 y se lanzaba de nuevo con fuerzas a la literatura y la política. Algunas de sus obras más importantes son deudoras de la crisis de 1897.

3.2. *La cuestión humana*

La terrible experiencia de 1897 orientó las preocupaciones de don Miguel en una dirección fundamental: el problema de la inmortalidad del hombre o lo que él llamaba «la cuestión humana»:

> La cuestión humana es la cuestión de saber qué habrá de ser de mi conciencia, de la tuya, de la del otro y de la de todos, después de que cada uno de nosotros se muera.

Unamuno intuyó que la angustia que tanto le acongojó aquella noche terrible de 1897 era también la angustia de los demás hombres. Ella inspira buena parte de su obra: *Vida de don Quijote y Sancho* (1905), *Mi religión* (1911), *Del sentimiento trágico de la vida* (1912), etc. Veamos las líneas maestras de su pensamiento a través de sus propias palabras.

En *Del sentimiento trágico de la vida*, Unamuno explica la razón de sus congojas:

> ¿Por qué quiero saber de dónde vengo y adónde voy, de dónde viene y adónde va lo que me rodea, y qué significa todo esto? Porque no quiero morirme del todo y quiero saber si he de morirme o no definitivamente. Y si no muero, ¿qué será de mí?; y si muero, ya nada tiene sentido. Y hay tres soluciones: *a*) o sé que me muero del todo y entonces la desesperación irremediable, o *b*) sé que no muero del todo y entonces la resignación, o *c*) no puedo saber ni una ni otra cosa, y entonces la resignación en la desesperación o ésta en aquélla, una resignación desesperada, o una desesperación resignada, y la lucha.

A la pregunta sobre qué será de su conciencia y de la de los otros hombres, Unamuno señala que es absurdo imaginar siquiera que pueda perderse:

> ¿Te puedes concebir como no existiendo? Inténtalo; concentra tu imaginación en ello y figúrate a ti mismo sin ver, ni oír, ni tocar, ni recordar nada; inténtalo y acaso llames y traigas a ti esa angustia que nos visita cuando menos la esperamos, y sientes el nudo que te aprieta el gaznate del alma.

Para Unamuno, la anulación de la conciencia implica el sinsentido del mundo:

> Si al morírseme el cuerpo que me sustenta (...) vuelve mi conciencia a la absoluta inconsciencia de que brotara, y como a la mía les acaece a las de mis hermanos todos en la humanidad, entonces no es nuestro trabajado linaje humano más que una fatídica procesión de fantasmas (...).
>
> Si del todo morimos todos, ¿para qué todo?

Se entabla entonces una lucha, señal para Unamuno de que se está vivo, entre la razón, que nos muestra la evidencia del cuerpo que se pudre tras la muerte, y el corazón, que reclama su derecho a vivir para siempre:

> No quiero morirme, no, no quiero ni quiero quererlo; quiero vivir siempre, siempre, siempre, y vivir yo este pobre yo que me soy y me siento ser ahora y aquí, y por esto me tortura el problema de la duración de mi alma, de la mía propia.

De esta lucha constante y sin esperanza de alivio surge el sentimiento trágico. Unamuno lo expresó en muchos artículos y libros, pues consideraba que su misión era despertar conciencias y lanzarlas a la verdadera fe, la de la duda:

> Hay, pues, que desasosegar a los prójimos los espíritus, hurgándoselos en el meollo, y cumplir la obra de misericordia de despertar al dormido (...). Hay que inquietar los espíritus y enfusar en ellos fuertes anhelos, aun a sabiendas de que no han de alcanzar nunca lo anhelado (...). ¿Qué es eso de envidiar el sosiego de quien nunca vislumbró el supremo misterio ni miró más allá de la vida y de la muerte? Sí, sé la canción, sé lo de ¡qué buena almohada es el catecismo! Hijo mío, duerme y cree; por acá se gana el cielo en la cama. ¡Raza cobarde, y cobarde con la más desastrosa cobardía, con la cobardía moral que tiembla y se arredra de encarar las supremas tinieblas!

Junto a este Unamuno que anhelaba la inmortalidad y en cuyo interior pugnaban el corazón y la cabeza, encontramos al hombre público que buscaba notoriedad, ansia de renombre y fama en la vida española. Unamuno opinaba sobre leyes agrarias, sobre la reforma de la enseñanza, cultivaba la literatura, intervenía en mítines, escribía sobre esto y aquello, etc. Pero bajo esta actividad asombrosa aparecía a veces la conciencia de que se estaba engañando a sí mismo, de que estaba traicionándose:

> Es ya de noche, he hablado esta tarde en público y aun se me revuelven en el oído tristemente los aplausos. Y oigo también los reproches, y me digo: «¡Tienen razón! Tienen razón: fue un número de feria; tienen razón: me estoy convirtiendo en un cómico, en un histrión, en un profesional de la palabra. Y ya hasta mi sinceridad, esta sinceridad de que he alardeado tanto, se me va convirtiendo en tópico de retórica.» (...) Y en tanto, creen los que te censuran que estás embriagado con el triunfo, cuando en verdad estás triste, muy triste, abatido, enteramente abatido. Te has cobrado asco a ti mismo; no puedes volver atrás, no puedes retrotraer el tiempo y decir a los que iban a escucharte: «Todo esto es mentira.»

4. *El destierro*

El destierro, primero impuesto y luego voluntario, en el que vivió Unamuno entre 1924 y 1930 fue una experiencia muy dolorosa. Don Miguel tuvo que separarse de su familia a la que tanto necesitaba, de sus actividades como profesor y rector y posteriormente de su propia lengua. Este exilio desencadenó una crisis espiritual que recuerda a la de 1897 y que aparece reflejada en *La agonía del cristianismo* (1924) y sobre todo en *Cómo se hace una novela* (1926). Del primero dice Unamuno:

> Este libro fue escrito en París, hallándome yo emigrado, refugiado allí, a fines de 1924 (...) y en singulares condiciones de mi ánimo, presa de una verdadera fiebre espiritual y de una pesadilla de aguardo, condiciones que he tratado de narrar en mi libro *Cómo se hace una novela.*

Unamuno había proyectado escribir antes del destierro una continuación de *Del sentimiento trágico de la vida*. No debemos considerar *La agonía...* como esa segunda parte anunciada, pero sí señalar su enorme proximidad al espíritu de aquélla, tal y como él mismo señaló.

En cuanto a la génesis de *Cómo se hace una novela*, quizá pueda buscarse en el fracaso que experimentó Unamuno al comprobar la escasa repercusión de su exilio y al sentir, ya en la recta final de su vida, que quizá su imagen pública había destruido su yo más íntimo, aquel que habría alcanzado la fe que tanto anhelaba. La obra tiene un fuerte componente autobiográfico y no es en ningún caso un tratado de teoría literaria: «se reduce —dice Unamuno— a cómo se hace un novelista, o sea, un hombre».

Junto a la crisis interior, apareció el desengaño hacia lo político. La situación por la que atravesaba España le desconcertaba ya en 1927, según señala en *Cómo se hace una novela*:

> Nadie cree en lo que dice ser suyo; los socialistas no creen en el socialismo, ni en la lucha de clases, ni en la ley férrea del salario y otros simbolismos marxistas; los comunistas no creen en la comunidad (...), los conservadores en la conservación; ni los anarquistas en la anarquía.

En 1930, don Miguel regresó a España con todos los honores y se reintegró, si bien sin demasiado entusiasmo, a la vida política. En el prólogo a la edición española de *La agonía del cristianismo* (la primera edición apareció en francés), escrito en octubre de 1930, un mes antes de *San Manuel Bueno, mártir*, Unamuno volvió a dejar constancia de su desilusión, de su desconfianza hacia la actividad política:

> Me volví para reanudar aquí, en el seno de la patria, mis campañas civiles, o si se quiere políticas. Y mientras me he zahondado en ellas he sentido que me subían mis antiguas, o mejor dicho, mis eternas congojas religiosas, y en el ardor de mis pregones políticos me susurraba la voz aquella que dice: «Y después de esto, ¿para qué todo?, ¿para qué?»

El viejo don Miguel desconfiaba de que la política pudiera solucionar lo que a su juicio era el problema fundamental que afectaba a la sociedad española: la falta de ilusión. Lo que mantiene un pueblo vivo, pensaba Unamuno, son las ilusiones; de ahí que no fuera para él una traición engañarle con tal de que ese proceder le devolviera la fe.

Próximo al espíritu de *La agonía del cristianismo* y a *Cómo se hace una novela* surgió *San Manuel Bueno, mártir*. Sin embargo, no encontramos sólo en esta novela agonía y obsesión por la inmortalidad. Para entenderla y para acercarse a Unamuno, hay que examinar su obra a la luz del otro Unamuno, el Unamuno contemplativo.

II. El Unamuno contemplativo

En la obra de Unamuno no aparece exclusivamente el hombre atormentado y en perpetua lucha consigo mismo. Reducir su pensamiento y su literatura a la agonía sería falsearlos. El profesor Blanco Aguinaga ha señalado que paralelo al Unamuno público y atormentado hay otro autor que busca la paz, que desea abandonarse al gozo que le produce la contemplación de la naturaleza y fundirse con ella. Es el Unamuno que se refugia en los recuerdos de la infancia, en la familia, en la naturaleza, y que quiere vivir al margen de la lucha interior y de la historia. Se trata, dice Blanco Aguinaga, de:

> un hombre suave y resignado, amante de la paz y del vagar inconcreto del pensamiento; un hombre que tendía a la dilatación y lo ilimitado de la misma manera que desde su ser de agonista necesitaba la concreción de los límites del tiempo, el bulto de que nace la guerra.

Este Unamuno contemplativo aparecía ya en *En torno al casticismo*, según dijimos antes. Junto al escritor preocupado por el origen y significado de la historia de España y su decadencia, se podía adivinar, en la metáfora con que expresaba la idea de intrahistoria, su deseo de paz, de eternidad y de inconsciencia, característicos de lo que llama Blanco Aguinaga su espíritu contemplativo. Este espíritu, esta actitud contemplativa, recorre la obra de don Miguel. En *Paz en la guerra* (1897), primera novela de Unamuno, en la que cuenta la vida intrahistórica de hombres y mujeres durante la guerra carlista, encontramos buen ejemplo de ello. Pachico sube al monte y experimenta la sensación de inconsciencia, de fusión con la naturaleza, al margen de la historia:

> Tendido en la cresta, descansando en el altar gigantesco, bajo el insondable azul infinito, el tiempo, engendrador de cuidados, parécele detenerse. En los días serenos, puesto ya el sol, creyérase que sacan los seres todos sus entrañas a la pureza del ambiente purificador... Todo se le presenta entonces en plano inmenso, y tal fusión de términos y perspectivas del espacio llévale poco a poco, en el silencio allí reinante, a un estado en que se le funden los términos y perspectivas del tiempo. Olvídase del curso fatal de las horas y, en un instante que no pasa, eterno, inmóvil, siente en la contemplación del inmenso panorama la hondura del mundo, la continuidad, la unidad, la resignación de sus miembros todos y (...) desvanécesele la sensación del contacto corpóreo con la tierra y la del peso del cuerpo se le disipa...

No resulta difícil apreciar la diferencia entre esta prosa reposada y mansa y la del Unamuno agónico, mucho más tensa y retorcida. Esta manera de escribir es reflejo de la mentalidad contemplativa que busca la paz eterna que vive bajo la Historia, bajo los hechos cambiantes. La vemos aparecer en los libros de viajes, *Andanzas y visiones españolas* o *Por tierras de Portugal y España*. Unamuno recorrió toda España, visitando aldeas perdidas y subiendo a montes casi inaccesibles. Allí, en la cumbre, siente que «el tiempo se detiene y remansa en la eternidad», intuye la «inmovilidad en medio de las mudanzas» y reconoce a «esos hombres de siempre, fuera de época». Encontramos también a este Unamuno en algunos de sus ensayos, como *El canto de las aguas eternas*, o *El perfecto pescador de caña*, del que extraemos estas líneas:

> Tendido junto a un río, dejándose adormecer por las aguas, se llega a algo que es como paladear la vida misma, la vida desnuda; se llega a un gozar de las rítmicas palpitaciones de las entrañas (...). Mientras descansa la inteligencia adormecida sentimos el nutrido concierto de las energías de nuestro organismo, y entonces es cuando se percibe algo de lo que podríamos llamar la música del cuerpo

(...). La contemplación del quieto fluir del río nos lava de la sucia costra de los cotidianos afanes, y limpia y monda el alma, respira a sus anchas, por sus poros todos, la serenidad augusta de la naturaleza. Libertados de la obsesión de la vida, gozamos de ésta como sus dueños, sin sufrirla como esclavos suyos.

Aparece también a veces en su extraordinaria obra poética de la que tomamos como botón de muestra este poema ante un hijo dormido:

> Sí,
> la más alta verdad es la del sueño
> de un niño,
> es el cariño, la íntima hermandad
> del universo todo;
> porque él duerme de Dios en el regazo
> en abrazo con todo lo que es puro,
> con todo lo que vive sin saberlo,
> del abrigo seguro.
> De tu alma en la laguna
> cuna de calma,
> cuando se aduerme,
> se refleja la mente soberana,
> la infinita Inconciencia,
> que es la ciencia de Dios.

No debemos adentrarnos en *San Manuel Bueno, mártir* sin tener en cuenta a este Unamuno que se entrega a la contemplación de la naturaleza y a sus recuerdos de infancia, que busca refugio en la inconsciencia, en la intrahistoria.

III. La novela de Unamuno

Unamuno confesaba que había tardado más de doce años en escribir *Paz en la guerra*, su primera novela (1897). Apenas hay en ella, sigue diciendo don Miguel, nada inventado; es posible probar con documentos la autenticidad de los acontecimientos narrados. A esta manera de novelar a base de acumular informaciones, apuntes y datos durante largos años antes de ponerse a escribir, la llamaba Unamuno «ovípara». Gráficamente la describe diciendo que es típica de aquellos escritores que empollan un huevo (una idea) durante el tiempo necesario para que se desarrolle.

Además de por este trabajo previo de recordar detalles, episodios e informaciones, *Paz en la guerra* se distingue del resto de las novelas unamunianas por el destacado papel que cumple el paisaje en ella. El propio Unamuno consideraba esta novela como única dentro de su producción:

> En esta novela hay pinturas de paisaje y dibujo y colorido (...), después he abandonado este proceder (...), he reunido mis estudios artísticos del paisaje y el celaje en obras especiales, como *Paisajes*, *Por tierras de Portugal y España* y *Andanzas y visiones españolas*.

La segunda novela de Unamuno es *Amor y Pedagogía*. Entre ésta y *Paz en la guerra* tuvo lugar la crisis de 1897, a raíz de la que se produjo en don Miguel un notable cambio de actitud ante la vida que hizo aparecer nuevos temas en su obra (la preocupación por el suicidio, la inmortalidad, la autenticidad, etc.). Este cambio de actitud aparece reflejado en *La vida es sueño* y sobre todo en *Adentro*, donde escribe:

> ¡Nada de plan previo, que no eres un edificio! No hace el plan a la vida, sino que ésta lo traza viviendo. No te empeñes en regular tu acción por tu pensamiento; deja más bien que aquella te forme, informe, deforme y transforme éste. Vas saliendo de ti mismo, develándote a ti propio; tu acabada personalidad está al fin y no al principio de tu vida.

Estas ideas se traducen en literatura en una nueva actitud ante el acto de escribir que don Miguel llamaba «a lo que salga», propia del escritor que denominaba «vivíparo» por oposición al «ovíparo». Veamos cómo describe Unamuno a este nuevo modelo de escritor:

> Hay otros, en cambio, que no se sirven de notas ni de apuntes, sino que lo llevan todo en la cabeza. Cuando conciben el propósito

de escribir una novela, pongo por caso, empiezan a darle vueltas en la cabeza al argumento, lo piensan y repiensan, dormidos y despiertos, esto es, gestan. Y cuando sienten verdaderos dolores de parto, la necesidad apremiante de echar fuera lo que durante tiempo les ha venido obsesionando, se sientan, toman la pluma y paren. Es decir, que empiezan por la primera línea, y, sin volver atrás ni rehacer ya lo hecho, lo escriben todo en definitiva hasta la línea última.

Dos novelas de Unamuno responden a este modo de concebir la creación literaria: *Amor y Pedagogía* y *Niebla*. Ambas desconcertaron a los críticos, por lo que don Miguel, consciente de lo novedoso de sus dos creaciones, decidió llamarlas irónicamente *nivolas*:

> Pues así es como mi novela no va a ser novela sino... ¿cómo dije?, *navilo... nebulo*, no, no, *nivola*, eso es, ¡*nivola*! Así nadie tendrá derecho a decir que deroga las leyes de un género.

Comencemos por *Amor y Pedagogía*. Pretende ser una sátira contra las teorías científicas aplicadas a la pedagogía tal y como se practicaba en el siglo XIX. Avito Carrascal decide tener un hijo y educarlo para convertirlo en un genio. Para ello, planea cuidadosamente su matrimonio y escoge la mujer que considera más apropiada. A última hora se enamora de otra que acaba siendo la madre de su hijo, Apolodoro, a quien educará un sabio: don Fulgencio. La educación resulta un fracaso y el chico acaba suicidándose.

Mucho más allá de *Amor y Pedagogía* va *Niebla*, cuyos hallazgos geniales la apartan definitivamente de la novela decimonónica. En el capítulo diecisiete de la novela Unamuno explica, por boca de uno de sus personajes, su concepción del género:

> Me senté, cogí unas cuartillas y empecé lo primero que se me ocurrió, sin saber lo que seguiría, sin plan alguno. Mis personajes se irán haciendo según obren y hablen, sobre todo según hablen; su carácter se irá formando poco a poco (...).

> Sí, cuando en una [novela] que lee se encuentra con largas descripciones, sermones o relatos, los salta diciendo: ¡paja!, ¡paja!, ¡paja! Para ella sólo el diálogo no es paja. Y ya ves tú, puede muy bien repartirse un sermón en un diálogo.

Pero *Niebla* no sólo es novedosa por esta manera de abordar la creación literaria, sino también por la audacia con que don Miguel plantea y resuelve las inquietudes de su criatura de ficción. El protagonista, Augusto Pérez, fracasa en una experiencia amorosa que le había hecho despertar de su vida anodina. Desesperado, decide suicidarse, pero antes de hacerlo consulta con Unamuno, autor de quien había leído un ensayo en el que se hablaba del suicidio. En un momento de la novela, Augusto Pérez «se sale» de las páginas del libro y se va a Salamanca para hablar con don Miguel, que se convierte ahora en personaje. Unamuno le hace ver que no puede suicidarse puesto que no es más que un personaje de ficción, un personaje de novela, y que sus actos no dependen de su voluntad sino de la de su creador, con quien está hablando. Augusto replica con argumentos muy unamunianos y le hace ver que tanto él, Unamuno, como los lectores de sus obras, no son más reales que las criaturas novelescas. Finalmente Augusto muere, si bien no llegamos a saber si se suicida él, como lo haría una criatura dueña de sus actos, o si lo mata Unamuno como creador suyo que es. En los prólogos a la novela, uno de Víctor Goti, personaje también literario y amigo de Augusto, y otro de Unamuno, se discuten las dos interpretaciones de la muerte, pero en definitiva es el lector quien decide.

La teoría literaria incluida dentro de la novela se entremezcla con la pregunta por el destino del hombre, el sinsentido de su existencia y el problema de la realidad física al modo de *El gran teatro del mundo* de Calderón de la Barca. No somos más que entes de ficción soñados por el creador, Dios, como Augusto Pérez es criatura de ficción de su creador, Unamuno.

En *Amor y Pedagogía* y *Niebla* se narra un proceso, sea la formación de la personalidad o el camino y la lucha que llevan a tomar conciencia de algo. En las novelas que siguieron, Unamuno no abordó los problemas del mismo modo. A partir de *Niebla*, los personajes, explica el profesor Ribbans, son exponentes «no del desarrollo de la personalidad, sino de la afirmación de ésta, una vez formada». Unamuno presenta unos personajes hechos, acabados en su mente antes de escribir la historia, que saben bien lo que quieren y a ello dedican su esfuerzo. En el prólogo a *Tres novelas ejemplares y un prólogo*, Unamuno expone algunas razones que ilustran la nueva orientación:

> Digo que, además del que uno es para Dios —si para Dios es uno alguien— y del que es para los otros y del que se cree ser, hay el que se quisiera ser... éste, el que uno quiere ser, es en él, en su seno, el creador, y es el real de verdad.

Este personaje que «quiere ser» es el protagonista de los relatos unamunianos posteriores a *Niebla*. Don Miguel dejó al margen todo lo que no consideraba útil para narrar el conflicto espiritual de los protagonistas. Sus *Tres novelas ejemplares* presentan unos personajes con una enorme voluntad que se enfrentan a las trabas que les impiden alcanzar lo que persiguen, sea Alejandro, el protagonista que «quiere ser» todo un hombre en *Nada menos que todo un hombre*, las ansias de alcanzar la maternidad de Raquel en *Dos madres*, o el empeño de Carolina de alcanzar descendencia en *El marqués de Lumbría*.

Recordemos para terminar *Abel Sánchez* y *La tía Tula*. *Abel Sánchez* es una meditación sobre el odio y la violencia. Unamuno confesó haberse basado en

> la trágica vida cotidiana de estas terribles ciudades de que saqué los materiales del Joaquín Monegro, del torturado Caín moderno, al que di vida en mi última novela (...) *Abel Sánchez*.

Don Miguel utiliza en esta novela un procedimiento narrativo relativamente frecuente en él: nos dice que la obra editada es en realidad un manuscrito que apareció entre los papeles del protagonista de la novela, es decir, que no es él, Unamuno, su autor. Maestro en esta técnica fue Cervantes, perenne maestro de don Miguel, que la llevó al extremo en *Don Quijote*.

La tía Tula fue publicada en 1921, aunque Unamuno comenzó a esbozarla mucho antes. Es interesante recordar cómo explicaba Unamuno el sentido de su novela en 1902:

> Ahora ando metido en una nueva novela, *La tía*, historia de una joven que rechazando varios novios se queda soltera para cuidar a

unos sobrinos, hijos de una hermana que se le muere. Vive con el cuñado a quien rechaza para marido, pues no quiere manchar (...) el recinto en que respiran aire de castidad sus hijos. Satisfecho el instinto de maternidad, ¿para qué ha de perder su virginidad? Es virgen madre. Conozco el caso.

La tía Tula es un personaje muy característico de Unamuno, que encarna el ansia de maternidad que ella ve colmada en el amor que siente por sus sobrinos, de los que se convierte en madre espiritual. Esta ansia de maternidad es también ansia de inmortalidad, ansia de pervivir en los descendientes.

Así llegamos al siguiente relato que escribió Unamuno: *San Manuel Bueno, mártir*. En lo que antecede hemos trazado un rápido panorama de la producción novelística de la obra que aquí se edita, y en cuyo análisis no corresponde ahora entrar. Añadiremos que después de ella aún escribió Unamuno otro par de relatos breves, *La novela de don Sandalio, jugador de ajedrez* y *Un pobre hombre rico o El sentimiento cómico de la vida*, el primero de ellos de una complejidad y originalidad narrativas muy destacadas.

* * *

Una de las características de la novela de Unamuno, si se exceptúa *Paz en la guerra*, es la ausencia de descripciones de paisajes y costumbres y la determinante presencia del diálogo. Unamuno dedicó todo su esfuerzo a reflejar dramas íntimos de sus personajes, a los que atormentaban el ansia de inmortalidad y el deseo de llegar a comprenderse a sí mismos. Su novela pretende ser, pues, un método que les ayude a descubrirse. Para tratar tan hondas cuestiones, dice Unamuno, no se hace imprescindible lo que habitualmente se llama argumento, pues las verdaderas novelas no tienen final:

Todas las novelas que se hacen y no que se contenta uno en contarlas, en rigor no acaban. Lo acabado, lo perfecto, es la muerte, y la vida no puede morirse. El lector que busca novelas acabadas no merece ser mi lector; él está ya acabado antes de haberme leído.

En un momento de su trayectoria como novelista, Unamuno llega a decir que la novela no debe tener reglas fijas, debe irse haciendo según salga, porque «lo verdaderamente novelesco es cómo se hace una novela».

Don Miguel utilizó procedimientos narrativos muy audaces. Jugó a menudo con la realidad y la ficción al presentar sus obras como si sus autores fueran otros (*Abel Sánchez*, *San Manuel Bueno, mártir*: técnica del manuscrito encontrado), dialogó con sus propios personajes *(Niebla)*, algunos de los cuales son autores de la novela (es decir, la novela dentro de la novela, como en *Don Sandalio...*), presentó distintas perspectivas de un mismo hecho (perspectivismo), etc. Son, en el fondo, técnicas comunes a la mejor novela del siglo xx.

IV. Antecedentes de *San Manuel Bueno, mártir*

En *San Manuel Bueno, mártir*, encontramos muchas preocupaciones que están presentes en toda la obra de Unamuno. Es posible rastrear antecedentes concretos de algunas de ellas en los escritos del propio Unamuno y también en otros autores (*El vicario*, de Ciges Aparicio, *Il Santo* de Fogazzaro y *El Vicario saboyano* de Rousseau) sin minusvalorar por ello la originalidad de la novela. Nos detendremos en dos cuestiones que inquietaron a don Miguel: el problema del sacerdote que ha perdido la fe y la actitud que debe adoptar todo hombre que ostente una responsabilidad pública notoria cuando sienta que flaquean sus convicciones.

Con respecto a la primera inquietud, puede recordarse una carta que escribió Unamuno a Jiménez Ilundain en 1899, donde le daba cuenta de su actividad en Salamanca:

> Los ejemplares de Loisy, que tuvo la bondad de enviarme, están corriendo aquí de mano en mano de curas jóvenes, entre los que tengo algunos amigos. De esto escribiré otro día, y de la revolución que he venido a traer a los espíritus de buena parte de la juventud de este, hasta hace poco, dormido ciudadón castellano. Hasta tal punto que hasta me acusan de haber pervertido a curas. Empezó por uno que vino a mi casa a verme, cuando se hallaba en las

garras de Nietzsche (...). Un ejemplar de cura sin fe. Y empezando por él, he venido a dar en director espiritual de algunos curas jóvenes que sienten que se les va la fe católica.

En uno de los capítulos de *Sensaciones de Bilbao* (1919), «Francisco de Iturribarría», Unamuno cuenta que fue testigo del trágico secreto de un sacerdote amigo que le confesó haber perdido la fe.

Del segundo problema también podemos encontrar antecedentes en la obra de don Miguel. En 1902, Unamuno reseñó el libro *Reminiscencias tudescas* del escritor colombiano Santiago Pérez Triana, del que destacaba estas frases:

> Al fiel, en realidad, lo que le importa es la exposición clara de lo que él cree, la defensa de eso mismo con los mejores argumentos y comprobaciones que se conozcan para el efecto, y el ataque a la teoría o doctrina enemiga, con toda la forma de ira o de pasión usual, y que mejor éxito ha tenido. Poco o nada en realidad tiene que importarle al feligrés lo que en el fondo de su ánimo sienta el individuo que predica. De lo que él necesita es de una voz que le hable, que resuene en los oídos, repitiendo lo que los creyentes consideran ser la verdad.

En 1908, Unamuno publicó una serie de artículos bajo el título de *Diálogos del escritor y el político*, uno de los cuales, «El guía que perdió el camino», apunta directamente a uno de los problemas que plantea la novela. De este artículo entresacamos dos párrafos, ambos puestos en boca del político:

> Los fieles reposan en el apóstol; le creen a él más bien que a sus palabras, porque vieron que éstas son un hombre, un hombre siempre el mismo. Si el apóstol pierde su fe en sí mismo, su fe en sus ideas, esa fe de tantos otros que en sagrado depósito guarda, ¿le es lícito declararlo? ¿Tiene derecho a sumir a miles de almas en la desesperación espiritual, aunque él pueda vivir de la rebusca de la verdad, ya que no de su posesión? Recuerda el *Brand* de Ibsen. Un general que comprende ha perdido la batalla no puede declararlo si con esta declaración provoca una desastrosa retirada de sus soldados; está obligado hasta a fingir una victoria, si con ello consigue una retirada en un orden (...).

Dime, si un Papa perdiera la fe en su propia infalibilidad pontificia o no la tuviera cuando le preconizaron, ¿le sería lícito declararlo? ¿Sería humano, sería moral, que por un mezquino motivo de amor propio —porque eso de aparecer sincero no es más que una cuestión de amor propio mezquino—, sería humano, digo, que por tal egoísta motivo dejara a miles, a millones de almas, faltas de apoyo espiritual?

Valgan estos breves ejemplos para señalar tan sólo que las cuestiones planteadas en *San Manuel Bueno, mártir* no son nuevas en el pensamiento de Unamuno.

Bibliografía

Blanco Aguinaga, Carlos: *El Unamuno contemplativo*, Barcelona, Laia, 1975, 2.ª ed. Sin lugar a dudas, uno de los libros más importantes que se han escrito sobre Unamuno. A través del escritor contemplativo, del que Blanco Aguinaga ofrece abundantísimas muestras, se valora más adecuadamente la personalidad de don Miguel.

Butt, John: *Miguel de Unamuno: San Manuel Bueno, mártir*, Londres, Grant & Cutler Ltd., 1981. Excelente resumen de los aspectos más importantes que deben abordarse a la hora de estudiar la novela. (En inglés.)

Catalán Menéndez Pidal, Diego: «Tres Unamunos ante un capítulo del Quijote», *Cuadernos de la Cátedra Miguel de Unamuno*, XVI-XVII (1967), pp. 37-64. A través de tres comentarios de Unamuno a un mismo capítulo de *El Quijote*, Diego Catalán muestra en este esclarecedor trabajo cómo superó don Miguel la crisis de 1897.

Fernández, Pelayo H.: *El problema de la personalidad en Unamuno y en «San Manuel Bueno»*, Madrid, Mayfé, 1966. Ofrece valiosas claves de interpretación de la novela. Debe consultarse en particular la segunda parte del libro.

Gullón, Ricardo: «Relectura de *San Manuel Bueno*», *Letras de Deusto*, 7 (1977), pp. 43-51. Extractado en Francisco Rico (ed.), *Historia y crítica de la literatura española*, VI, Barcelona, Crítica, 1980, pp. 267-275. Gullón hace recaer el peso de la novela en la terrible contradicción que constituye don Manuel, sin desdeñar las funciones de los otros personajes ni olvidar el decisivo papel del lector, quien debe responder a la pregunta fundamental de la novela.

Marías, Julián: *Miguel de Unamuno*, Madrid, Espasa Calpe, 1976 (Selecciones Austral, n.º 18). Se trata de un libro clásico sobre don Miguel. Ofrece una visión muy completa y penetrante de toda su obra.

Pérez de la Dehesa, Rafael: *Política y sociedad en el primer Unamuno*, Madrid, Ariel, 1973. Extraordinariamente útil para conocer el pensamiento político y social de Unamuno hasta 1900.

Ribbans, Geoffrey: *Niebla y soledad. Aspectos de Unamuno y Machado*, Madrid, Gredos, 1970. Conjunto de ensayos sobre Unamuno y A. Machado. Interesan para nuestro caso sus inteligentes reflexiones en torno a *Niebla* y al quehacer novelístico de Unamuno en general.

Sánchez Barbudo, Antonio: *Estudios sobre Galdós, Unamuno y Machado*, Madrid, Guadarrama, 1968. Las tesis de Sánchez Barbudo sobre Unamuno, y en particular sobre *San Manuel Bueno, mártir*, han sido objeto de valoraciones contrapuestas. En cualquier caso, su interpretación debe sin duda conocerse.

——, (ed.): *Miguel de Unamuno*, Madrid, Taurus, 1980, 2.ª ed. («El escritor y la crítica»). Conjunto de ensayos de distintos autores que abarcan toda la producción unamuniana: ensayo, poesía, novela, teatro, etc. Interesa especialmente el trabajo de Carlos Blanco Aguinaga, «Sobre la complejidad de *San Manuel Bueno, mártir*, novela» (pp. 273-296). Es un ensayo muy profundo que muestra la complejidad real de la novela y explica algunas de sus claves fundamentales.

Miguel de Unamuno ante un paisaje castellano.

Salamanca: antigua
Casa Rectoral,
hoy Museo Miguel
de Unamuno.

Unamuno: caricatura
por Bagaría.

El lago de Sanabria, escenario de *San Manuel Bueno, mártir*
(foto J. Notario).

LA NOVELA DE HOY

Año X   Director: Pedro Sáinz Rodríguez   Núm. 461

Madrid, 13 de Marzo de 1931

San Manuel Bueno, Mártir

por MIGUEL DE UNAMUNO

Ilustraciones de PENAGOS

C. I. A. P.—Príncipe de Vergara, 42 y 44.—Apartado 33
EDITORIAL   ATLANTIDA
Librería Fernando Fe. — Puerta del Sol, 15. — Madrid

Portada de la primera
edición de *San Manuel
Bueno, mártir* (1931).

MIGUEL DE UNAMUNO

SAN MANUEL
BUENO, MÁRTIR

Y

TRES HISTORIAS MÁS

ESPASA-CALPE, S. A.
MADRID
1933

Portada de la segunda
edición de *San Manuel
Bueno, mártir* (1933).

Ilustración de Penagos para la primera edición
de *San Manuel Bueno, mártir*.

Ilustraciones de Penagos
para la primera edición
de *San Manuel Bueno,
mártir*.

Nota previa

Reproduzco el texto de la segunda edición de la novela (*San Manuel Bueno, mártir y tres historias más*, Madrid, Espasa Calpe, 1933), el último que revisó don Miguel antes de su muerte. He tenido a la vista la edición de Mario y Elena Valdés (Chapel Hill, 1973), la del propio M. Valdés (Madrid, Cátedra, 1979) y la de A. Fernández Turienzo (Salamanca, Almar, 1978). Se ha corregido la ortografía de acuerdo con el uso actual.

Deseo agradecer a Diego Catalán sus valiosas sugerencias, a Antonio Ramos las referencias bibliográficas y a Paloma Giménez su paciencia y amabilidad.

SAN MANUEL BUENO, MÁRTIR

[PRÓLOGO]¹

En 1920 reuní en un volumen mis tres novelas cortas o cuentos largos, *Dos madres*, *El marqués de Lumbría* y *Nada menos que todo un hombre*, publicadas antes en revistas, bajo el título común de *Tres novelas ejemplares y un prólogo*. Este, el prólogo, era también, como allí decía, otra novela. Novela y no *nivola*. Y ahora recojo aquí tres nuevas novelas bajo el título de la primera de ellas, ya publicada en *La Novela de Hoy*, número 461 y último de la publicación, correspondiente al día 13 de marzo de 1931 —estos detalles los doy para la insaciable casta de los bibliógrafos—, y que se titulaba: *San Manuel Bueno, mártir*. En cuanto a las otras dos: *La novela de don Sandalio, jugador de ajedrez*, y *Un pobre hombre rico o el sentimiento cómico de la vida*, aunque destinadas en mi intención primero para publicaciones periódicas —lo que es económicamente más provechoso para el autor—, las he ido guardando en espera de turno, y al fin me decido a publicarlas aquí sacándolas de la inedición. Aparecen,

---

¹ Unamuno puso al comienzo de *San Manuel Bueno, mártir y tres historias más* (1933) un extenso prólogo fechado en 1932, del que sólo reproducimos los pasajes que aluden a *San Manuel...*, prescindiendo por razones obvias de los que se refieren a *La novela de don Sandalio* y a *Un pobre hombre rico*. Todavía sumó a ese prólogo un añadido —fechado en marzo de 1933— en el que justifica la inclusión en el volumen, decidida a última hora, de otra novelita suya, *Una historia de amor*. De este apéndice al prólogo también hemos prescindido.

pues, éstas bajo el patronato de la primera, que ha obtenido ya cierto éxito.

En efecto, en *La Nación*, de Buenos Aires, y algo más tarde en *El Sol*, de Madrid, número del 3 de diciembre de 1931 —nuevos datos para bibliógrafos—, Gregorio Marañón publicó un artículo sobre mi *San Manuel Bueno, mártir*, asegurando que ella, esta novelita, ha de ser una de mis obras más leídas y gustadas en adelante como una de las más características de mi producción toda novelesca. Y quien dice novelesca —agrego yo— dice filosófica y teológica. Y así como él pienso yo, que tengo la conciencia de haber puesto en ella todo mi sentimiento trágico de la vida cotidiana.

Luego hacía Marañón unas brevísimas consideraciones sobre la desnudez de la parte puramente material en mis relatos. Y es que creo que dando el espíritu de la carne, del hueso, de la roca, del agua, de la nube, de todo lo demás visible, se da la verdadera e íntima realidad, dejándole al lector que la revista en su fantasía.

Es la ventaja que lleva el teatro. Como mi novela *Nada menos que todo un hombre*, escenificada luego por Julio de Hoyos bajo el título de *Todo un hombre*, la escribí ya en vista del tablado teatral, me ahorré todas aquellas descripciones del físico de los personajes, de los aposentos y de los paisajes, que deben quedar al cuidado de actores, escenógrafos y tramoyistas. Lo que no quiere decir, ¡claro está!, que los personajes de la novela o del drama escrito no sean tan de carne y hueso como los actores mismos, y que el ámbito de su acción no sea tan natural y tan concreto y tan real como la decoración de un escenario.

Escenario hay en *San Manuel Bueno, mártir*, sugerido por el maravilloso y tan sugestivo lago de San Martín de Castañeda, en Sanabria, al pie de las ruinas de un convento de bernardos y donde vive la leyenda de una ciudad,[2] Valverde de Lucerna, que yace en

---

[2] Existe, efectivamente, una leyenda medieval recogida en la *Chronica* del seudo Trupín y después en un Cantar de gesta *(Anseïs de Cartage)* que cuenta que la ciudad de Lucerna fue conquistada por Carlomagno. Lucerna que, como dice la *Chronica*, «está en el valle verde» (de ahí el nombre de Valverde de Lucerna) quedó sumergida, en un lago formado por un surtidor que brotó impetuosamente de la tierra. No hace mucho era posible escuchar la leyenda de labios de los habitantes de la zona (véanse los documentos 3.1 y 3.2).

el fondo de las aguas del lago. Y voy a estampar aquí dos poesías que escribí a raíz de haber visitado por primera vez ese lago el día primero de junio de 1930. La primera dice:

> San Martín de Castañeda,
> espejo de soledades,
> el lago recoge edades
> de antes del hombre[3] y se queda
> soñando en la santa calma
> del cielo de las alturas
> en que se sume en honduras
> de anegarse,[4] ¡pobre!, el alma...
> Men Rodríguez,[5] aguilucho
> de Sanabria, el ala rota,
> ya el cotarro no alborota[6]
> para cobrarse el conducho.[7]
> Campanario sumergido
> de Valverde de Lucerna,
> toque de agonía eterna
> bajo el caudal del olvido.
> La historia paró,[8] al sendero
> de San Bernardo la vida
> retorna, y todo se olvida
> lo que no fuera primero.

---

[3] *de antes del hombre:* antes de que apareciera el hombre sobre la tierra. El lago debió formarse en la época de los glaciares. [4] *anegarse:* palabra típica del Unamuno contemplativo. Significa 'hundirse, quedar cubierto por el agua'. En este contexto significa también fundirse. [5] Puede que se trate de algún mendigo que acudiera a buscar cobijo o a tomar la «sopa boba» al convento de bernardos al que alude Unamuno. Véase el documento 4.2; quizá se refiera al pobre que se presentó a **pedir** limosna. Por otra parte, *Men Rodríguez de Sanabria* es el título de una de las novelas más conocidas del prolífico Manuel Fernández y González (1821-1888). [6] *alborotar el cotarro:* alterar la tranquilidad en un sitio donde hay gente reunida. [7] *conducho:* comida. [8] Según cuenta la leyenda, la ciudad quedó sumergida en un instante.

Y la segunda, ya de rima más artificiosa, decía y dice así:

Ay, Valverde de Lucerna,
hez[9] del lago de Sanabria,
no hay leyenda que dé cabria[10]
de sacarte a luz moderna.
Se queja en vano tu bronce[11]
en la noche de San Juan,
tus hornos dieron su pan,[12]
la historia se está en su gonce.[13]
Servir de pasto a las truchas
es, aun muerto, amargo trago;
se muere Riba de Lago,
orilla de nuestras luchas.

En efecto, la trágica y miserabilísima aldea de Riba de Lago, a la orilla del de San Martín de Castañeda, agoniza y cabe decir que se está muriendo. Es de una desolación tan grande como la de las alquerías,[14] ya famosas, de las Hurdes. En aquellos pobrísimos tugurios, casuchas de armazón de madera recubierto de adobes y barro, se hacina un pueblo al que ni le es permitido pescar las ricas truchas en que abunda el lago y sobre las que una supuesta señora creía haber heredado el monopolio que tenían los monjes bernardos de San Màrtín de Castañeda.

Esta otra aldea, la de San Martín de Castañeda, con las ruinas del humilde monasterio, agoniza también junto al lago, algo elevada sobre su orilla. Pero ni Riba de Lago, ni San Martín de Castañeda, ni Galende, el otro pobladillo más cercano al Lago de Sanabria —este otro mejor acomodado—, ninguno de los tres puede ser ni fue el modelo de mi Valverde de Lucerna.[1] El

---

[9] *hez:* poso, sedimento. [10] *cabria:* máquina que sirve para levantar pesos. Los versos 3 y 4 significan: «no hay leyenda que sea capaz de sacarte...». [11] **Las** campanas de la iglesia, a las que se oye tañer a veces. [12] Para comprender el significado de estos versos, léase con atención la leyenda que recoge el documento 3.2. [13] *gonce* o *gozne:* bisagra. [14] *alquerías:* casas de labranza.

(1) Es importante destacar esta confesión de Unamuno. Valverde de Lucerna no es un lugar histórico que aparezca en los mapas, es un lugar intrahistórico.

escenario de la obra de mi Don Manuel Bueno y de Angelina y Lázaro Carballino supone un desarrollo mayor de vida pública, por pobre y humilde que ésta sea, que la vida de esas pobrísimas y humildísimas aldeas. Lo que no quiere decir, ¡claro está!, que yo suponga que en éstas no haya habido y aun haya vidas individuales muy íntimas e intensas, ni tragedias de conciencia.

Y en cuanto al fondo de la tragedia de los tres protagonistas de mi novelita, no creo poder ni deber agregar nada al relato mismo de ella. Ni siquiera he querido añadirle algo que recordé después de haberlo compuesto —y casi de un solo tirón—, y es que al preguntarle en París una dama acongojada de escrúpulos religiosos a un famoso y muy agudo abate si creía en el infierno y responderle éste: «Señora, soy sacerdote de la Santa Iglesia Católica Apostólica Romana, y usted sabe que en ésta la existencia del infierno es verdad dogmática o de fe», la dama insistió en: «¿Pero usted, monseñor, cree en ello?», y el abate, por fin: «¿Pero por qué se preocupa usted tanto, señora, de si hay o no infierno, si no hay nadie en él...?» No sabemos que la dama le añadiera esta otra pregunta: «Y en el cielo, ¿hay alguien?»

Y ahora, tratando de narrar la oscura y dolorosa congoja cotidiana que atormenta al espíritu de la carne y al espíritu del hueso de hombres y mujeres de carne y hueso espirituales, ¿iba a entretenerme en la tan hacedera tarea de describir revestimientos pasajeros y de puro viso?[15] Aquí lo de Francisco Manuel de Melo[16] en su *Historia de los movimientos, separación y guerra de Cataluña en tiempo de Felipe IV, y política militar,* donde dice: «He deseado mostrar sus ánimos, no los vestidos de seda, lana y pieles, sobre que tanto se desveló un historiador grande de estos años, estimado en el mundo.» Y el colosal Tucídides, dechado de historiadores, desdeñando esos realismos, aseguraba haber querido escribir «una cosa para siempre, más que una pieza de certamen que se oiga de momento».[17] ¡Para siempre!

[...]

---

[15] *viso:* pura apariencia.   [16] Francisco Manuel de Melo: historiador portugués y escritor bilingüe (1611-1667). La obra que cita Unamuno, publicada en 1645, añade a su interés histórico una notabilísima calidad literaria.   [17] La cita corresponde a *Guerra de Peloponeso,* I, 22.

Y ahora se le presentará a algún lector descontentadizo esta cuestión: ¿por qué he reunido en un volumen, haciéndoles correr la misma suerte, a tres novelas de tan distinta, al parecer, inspiración? ¿Qué me ha hecho juntarlas?

Desde luego que fueron concebidas, gestadas y paridas sucesivamente y sin apenas intervalos, casi en una ventregada.[18] ¿Habría algún fondo común que las emparentara?, ¿me hallaría yo en algún estado de ánimo especial? Poniéndome a pensar, claro que a redromano,[19] o *a posteriori*, en ello, he creído darme cuenta de que tanto a Don Manuel Bueno y a Lázaro Carballino como a Don Sandalio el ajedrecista y al corresponsal de Felipe que cuenta su novela y, por otra parte, no tan sólo a Emeterio Alfonso y a Celedonio Ibáñez, sino a la misma Rosita,[20] lo que les atosigaba era el pavoroso problema de la personalidad, si uno es lo que es y seguirá siendo lo que es.[2]

Claro está que no obedece a un estado de ánimo especial en que me hallara al escribir, en poco más de dos meses, estas tres novelitas, sino que es un estado de ánimo general en que me encuentro, puedo decir que desde que empecé a escribir. Ese problema, esa congoja, mejor, de la conciencia de la propia personalidad —congoja unas veces trágica y otras cómica— es el que me ha inspirado para casi todos mis personajes de ficción. Don Manuel

---

[18] *ventregada*: conjunto de animalillos que han nacido de un mismo parto. Es decir, que las novelas han surgido de una misma tensión, de una misma situación espiritual.   [19] *a redromano*: a contramano o a contrapelo, es decir, en dirección contraria a la corriente.   [20] Son personajes de las novelas publicadas junto a *San Manuel...* en 1933.

(2) A Unamuno le inquietaba enormemente este «pavoroso problema de la personalidad», es decir, la diferencia entre cómo se ve uno por dentro y cómo nos ven los demás; es lo que él llamaba el misterio de la personalidad. Ligado a él aparece aquí el problema de la inmortalidad. En el capítulo segundo de *Del sentimiento trágico de la vida* plantea don Miguel lo que él consideraba el punto de partida de toda filosofía: el ansia de inmortalidad del hombre de carne y hueso: «no quiero morirme del todo y quiero saber si he de morirme o no definitivamente». Unamuno dedicó importantes páginas a meditar sobre este «sentimiento congojoso de nuestra identidad y continuidad personal».

Bueno busca, al ir a morirse, fundir —o sea salvar— su personalidad en la de su pueblo, Don Sandalio recata su personalidad misteriosa, y en cuanto al pobre hombre Emeterio, se la quiere reservar, ahorrativamente, para sí mismo, y al fin sirve a los fines de otra personalidad.

¿Y no es, en el fondo, este congojoso y glorioso problema de la personalidad el que guía en su empresa a Don Quijote, el que dijo lo de «¡yo sé quién soy!» y quiso salvarla en alas de la fama imperecedera? ¿Y no es un problema de personalidad el que acongojó al príncipe Segismundo,[21] haciéndole soñarse príncipe en el sueño de la vida?

Precisamente, ahora cuando estoy componiendo este prólogo, he acabado de leer la obra: *O lo uno o lo otro (Enten-Eller)* de mi favorito Soeren Kierkegaard,[22] obra cuya lectura dejé interrumpida hace unos años —antes de mi destierro—, y en la sección de ella que se titula «Equilibrio entre lo estético y lo ético en el desarrollo de la personalidad» me he encontrado con un pasaje que me ha herido vivamente y que viene como estrobo[23] al tolete[24] para sujetar el remo —aquí pluma— con que estoy remando en este escrito. Dice así el pasaje:

Sería la más completa burla al mundo si el que habría expuesto la más profunda verdad no hubiera sido un soñador sino un dudador.[3] *Y no es impensable que nadie pueda exponer la verdad positiva tan excelentemente como un dudador; sólo que éste no la cree. Si fuera un impostor, su burla*

---

[21] Personaje principal de *La vida es sueño* de Calderón de la Barca.   [22] Soeren Kierkegaard (1813-1855): filósofo danés que influyó en el existencialismo europeo. Unamuno habla a menudo de su «hermano Kierkegaard», pues coincide en muchos aspectos con su filosofía.   [23] *estrobo:* pedazo de cabo que sirve para sujetar el remo al tolete.   [24] *tolete:* estaquilla fijada en el borde de la embarcación, a la cual se ata el remo.

---

(3) El que ha expuesto «la más profunda verdad» es Jesucristo. La burla más completa del mundo sería que el que la expuso no la creyese, es decir, que Cristo no creyera en su doctrina. Conviene recordar esta cita de Kierkegaard porque guarda estrecha relación con el contenido de la novela.

sería suya; pero si fuera un dudador que deseara creer lo que expusiese, su burla sería ya enteramente objetiva; la existencia se burlaría por medio de él; expondría una doctrina que podría esclarecerlo todo, en que podría descansar todo el mundo; pero esa doctrina no podría aclarar nada a su propio autor. Si un hombre fuera precisamente tan avisado que pudiese ocultar que estaba loco, podría volver loco al mundo entero.

Y no quiero aquí comentar ya más ni el martirio de Don Quijote ni el de Don Manuel Bueno, martirios quijotescos los dos.

Y adiós, lector, y hasta más encontrarnos, y quiera Él que te encuentres a ti mismo.[4]

Madrid, 1932.

---

(4) Conviene tener presentes al leer la novela algunas de las consideraciones que ha hecho Unamuno en este prólogo: no debemos buscar en ella escenario real, pues la novela transcurre en la intrahistoria, en la leyenda, no en el mundo que vemos y tocamos. No nos detengamos tampoco en los rasgos físicos de los personajes, que no le interesan, sino en los espirituales. Late en ellos un «problema pavoroso», el de la personalidad: cómo es nuestra vida interior, la idea que tenemos de nosotros mismos y cómo nos mostramos a los demás frente a cómo nos ven ellos. Ligado a él, el problema de la inmortalidad: ¿seguiremos siendo lo que somos después de la muerte? Unamuno, en fin, reconoce haber puesto en este relato «todo mi sentimiento trágico de la vida cotidiana».

Por lo demás, no hay que perder de vista que el mismo don Miguel emparenta a don Manuel con don Quijote, ni olvidar la confesión de Kierkegaard recogida al final del prólogo.

SAN MANUEL BUENO, MÁRTIR

Si sólo en esta vida esperamos en Cristo, somos los más miserables de los hombres todos.

San Pablo, *I Corintios*, XV, 19.[25]

---

[25] En el manuscrito de la novela (1930) puede observarse que Unamuno tachó la cita que inicialmente había puesto, «Lloró Jesús» (San Juan, 11, 35), y la sustituyó por esta de San Pablo. Es esencial comprender su significado para entender el de la novela. Si Cristo no resucitó, dice San Pablo, tampoco resucitarán los hombres. Si nuestra esperanza —continúa— sólo es para la vida terrenal y no para la eterna, puesto que no creemos que haya resucitado, «somos los más miserables de los hombres todos». Esta cita fue comentada por Unamuno varias veces: en *La agonía del cristianismo* (capítulo tercero: «¿Qué es el cristianismo?») y en *Del sentimiento trágico de la vida*, por citar sólo dos obras relevantes.

Ahora que el obispo de la diócesis de Renada, a la que pertenece esta mi querida aldea de Valverde de Lucerna, anda, a lo que se dice, promoviendo el proceso para la beatificación de nuestro Don Manuel, o mejor San Manuel Bueno, que fue en ésta párroco, quiero dejar aquí consignado, a modo de confesión y sólo Dios sabe, que no yo, con qué destino, todo lo que sé y recuerdo de aquel varón matriarcal[26] que llenó toda la más entrañada vida de mi alma, que fue mi verdadero padre espiritual, el padre de mi espíritu, del mío, el de Ángela Carballino.

Al otro, a mi padre carnal y temporal, apenas si le conocí, pues se me murió siendo yo muy niña. Sé que había llegado de forastero a nuestra Valverde de Lucerna, que aquí arraigó al casarse aquí con mi madre. Trajo consigo unos cuantos libros, el *Quijote*, obras de teatro clásico, algunas novelas, historias, el *Bertoldo*,[27] todo

---

[26] *varón matriarcal*: don Manuel es al tiempo varón (padre espiritual se nos acaba de decir) y madre. Sus desvelos para evitar dolor (físico y moral) a sus feligreses muestran su conducta, su inclinación maternal, tan querida para Unamuno. Por lo demás, en la raíz del pensamiento unamuniano está la antítesis. Podemos encontrar en su obra gran cantidad de términos que se oponen: fe/razón, vida/muerte, historia/naturaleza... [27] *Bertoldo*: Unamuno se refiere a la versión española de una novela italiana de Giulio Cesare della Croce (1550-1620). La primera traducción española apareció en Madrid, en 1745, con el título *Historia de la vida, hechos y astucias sutilísimas del rústico Bertoldo, la de Bertoldino su hijo y la de Cacaseno su nieto*. La obra tuvo un éxito enorme y se reeditó una y otra vez durante todo el siglo XIX. Se trata de una novela amena y moralizadora, especialmente adecuada como lectura infantil. Su inclusión entre los libros que pudo leer Ángela de niña está plenamente justificada, pues.

revuelto, y de esos libros, los únicos casi que había en toda la aldea, devoré yo ensueños siendo niña.[5] Mi buena madre apenas si me contaba hechos o dichos de mi padre. Los de Don Manuel, a quien, como todo el pueblo, adoraba, de quien estaba enamorada —claro que castísimamente—, le habían borrado el recuerdo de los de su marido. A quien encomendaba a Dios, y fervorosamente, cada día al rezar el rosario.

De nuestro Don Manuel me acuerdo como si fuese de cosa de ayer, siendo yo niña, a mis diez años, antes de que me llevaran al Colegio de Religiosas de la ciudad catedralicia de Renada.[28] Tendría él, nuestro santo, entonces unos treinta y siete años. Era alto, delgado, erguido, llevaba la cabeza como nuestra Peña del Buitre lleva su cresta, y había en sus ojos toda la hondura azul de nuestro lago.[6] Se llevaba las miradas de todos y tras ellas los corazones, y él al mirarnos parecía, traspasando la carne como un cristal, mirarnos al corazón. Todos le queríamos, pero sobre todo los niños. ¡Qué cosas nos decía! Eran cosas, no palabras. Empezaba el pueblo a olerle la santidad; se sentía lleno y embriagado de su aroma.

Entonces fue cuando mi hermano Lázaro, que estaba en América, de donde nos mandaba regularmente dinero con que vivíamos en decorosa holgura, hizo que mi madre me mandase al Colegio de Religiosas, a que se completara fuera de la aldea mi educación, y

---

[28] *Renada :* no es la primera vez que Unamuno sitúa la acción de sus relatos cerca de esta ciudad imaginaria. En ella transcurre el argumento de *Nada menos que todo un hombre* y de algún cuento de *El espejo de la muerte*. Es un lugar intrahistórico que no encontraremos en los mapas. Renada significa renacida (re-nata) pero también doble nada (re-nada).

---

(5) Unamuno perdió a su padre siendo niño y también heredó de él una pequeña biblioteca. Puede quizá pensarse en un recuerdo autobiográfico. Es importante observar desde ahora que la vida del párroco no la cuenta él mismo sino una de sus feligresas, Ángela; será por tanto su punto de vista el que nos guíe a través de la novela.

(6) El lago y la montaña aparecen citados siempre juntos a lo largo de la novela. La insistencia en esos dos elementos y su constante emparejamiento nos harán intuir progresivamente que tienen un valor simbólico.

esto aunque a él, a Lázaro, no le hiciesen mucha gracia las monjas. «Pero como ahí —nos escribía— no hay hasta ahora, que yo sepa, colegios laicos y progresivos, y menos para señoritas, hay que atenerse a lo que haya. Lo importante es que Angelita se pula y que no siga entre esas zafias aldeanas.» Y entré en el colegio, pensando en un principio hacerme en él maestra, pero luego se me atragantó la pedagogía.

En el colegio conocí a niñas de la ciudad e intimé con algunas de ellas. Pero seguía atenta a las cosas y a las gentes de nuestra aldea, de la que recibía frecuentes noticias y tal vez alguna visita. Y hasta al Colegio llegaba la fama de nuestro párroco, de quien empezaba a hablarse en la ciudad episcopal. Las monjas no hacían sino interrogarme respecto a él.

Desde muy niña alimenté, no sé bien cómo, curiosidades, preocupaciones e inquietudes, debidas, en parte al menos, a aquel revoltijo de libros de mi padre, y todo ello se me medró[29] en el Colegio, en el trato, sobre todo, con una compañera que se me aficionó desmedidamente y que unas veces me proponía que entrásemos juntas a la vez en un mismo convento, jurándonos, y hasta firmando el juramento con nuestra sangre, hermandad perpetua, y otras veces me hablaba, con los ojos semi-cerrados, de novios y de aventuras matrimoniales. Por cierto que no he vuelto a saber de ella ni de su suerte. Y eso que cuando se hablaba de nuestro Don Manuel, o cuando mi madre me decía algo de él en sus cartas —y era en casi todas—, que yo leía a mi amiga, ésta exclamaba como en arrobo:[30] «¡qué suerte, chica, la de poder vivir cerca de un santo así, de un santo vivo, de carne y hueso, y poder besarle la mano! Cuando vuelvas a tu pueblo escríbeme mucho, mucho y cuéntame de él.»

---

[29] *se me medró:* me aumentó.   [30] *arrobo:* éxtasis, embeleso.

Pasé en el colegio unos cinco años, que ahora se me pierden como un sueño de madrugada en la lejanía del recuerdo, y a los quince volví a mi Valverde de Lucerna. Ya toda ella era Don Manuel;[7] Don Manuel con el lago y con la montaña. Llegué ansiosa de conocerle, de ponerme bajo su protección, de que él me marcara el sendero de mi vida.

Decíase que había entrado en el Seminario para hacerse cura, con el fin de atender a los hijos de una su hermana recién viuda, de servirles de padre; que en el Seminario se había distinguido por su agudeza mental y su talento y que había rechazado ofertas de brillante carrera eclesiástica porque él no quería ser sino de su Valverde de Lucerna,[8] de su aldea perdida como un broche entre el lago y la montaña que se mira en él.

¡Y cómo quería a los suyos! Su vida era arreglar matrimonios desavenidos, reducir a sus padres hijos indómitos o reducir los padres a sus hijos, y sobre todo consolar a los amargados y atediados[31] y ayudar a todos a bien morir.

Me acuerdo, entre otras cosas, de que al volver de la ciudad la desgraciada hija de la tía Rabona, que se había perdido y volvió, soltera y desahuciada, trayendo un hijito consigo, Don Manuel no paró hasta que hizo que se casase con ella su antiguo novio Perote y reconociese como suya a la criaturita, diciéndole:

—Mira, da padre a este pobre crío que no le tiene más que en el cielo.

—¡Pero, Don Manuel, si no es mía la culpa...!

---

[31] *atediados:* dominados por el tedio (estado de ánimo del que no encuentra atractivo o interés en lo que le rodea o en la vida en general).

---

(7) Es importante fijarse desde ahora en la íntima relación, en la identificación de don Manuel con su pueblo.

(8) Obsérvese que no se dice que don Manuel entrara en el seminario por convicción religiosa, sino para asegurar el mantenimiento de sus sobrinos.

—¡Quién lo sabe, hijo, quién lo sabe...!, y sobre todo, no se trata de culpa.

Y hoy el pobre Perote, inválido, paralítico, tiene como báculo y consuelo de su vida al hijo aquel que, contagiado de la santidad de Don Manuel, reconoció por suyo no siéndolo.[9]

En la noche de San Juan, la más breve del año, solían y suelen acudir a nuestro lago todas las pobres mujerucas, y no pocos hombrecillos, que se creen poseídos, endemoniados, y que parece no son sino histéricos y a las veces epilépticos, y Don Manuel emprendió la tarea de hacer él de lago, de piscina probática,[32] y tratar de aliviarles y si era posible de curarles.[10] Y era tal la acción de su presencia, de sus miradas, y tal sobre todo la dulcísima autoridad de sus palabras y sobre todo de su voz — ¡qué milagro de voz!—, que consiguió curaciones sorprendentes, con lo que creció su fama, que atraía a nuestro lago y a él a todos los enfermos del contorno. Y alguna vez llegó una madre pidiéndole que hiciese un milagro en su hijo, a lo que contestó sonriendo tristemente:

—No tengo licencia del señor obispo para hacer milagros.

Le preocupaba, sobre todo, que anduviesen todos limpios. Si alguno llevaba un roto en su vestidura, le decía: «Anda a ver al sacristán, y que te remiende eso.» El sacristán era sastre. Y cuando el día primero de año iban a felicitarle por ser el de su santo —su santo patrono era el mismo Jesús Nuestro Señor—, quería Don

---

[32] Se refiere a la piscina que había en Jerusalén, inmediata al templo de Salomón. Servía para lavar y purificar las reses destinadas a los sacrificios.

(9) Nótese cómo en todas estas secuencias iniciales Unamuno va caracterizando acumulativamente al personaje de don Manuel a través de sus actos, inspirados todos ellos en la caridad evangélica.

(10) Este es uno de los muchos episodios que ponen de relieve el parecido entre don Manuel y Cristo. En esta ocasión, la acción del párroco nos recuerda la curación de un paralítico en la piscina, según cuenta San Juan, 5, 1-10. Deben irse señalando desde ahora todas aquellas acciones o frases de don Manuel que nos recuerden a las de Cristo.

Manuel que todos se le presentasen con camisa nueva, y al que no
la tenía se la regalaba él mismo.

Por todos mostraba el mismo afecto, y si a algunos distinguía
más con él era a los más desgraciados y a los que aparecían como
más díscolos. Y como hubiera en el pueblo un pobre idiota de
nacimiento, Blasillo el bobo, a éste es a quien más acariciaba y
hasta llegó a enseñarle cosas que parecía milagro que las hubiese
podido aprender. Y es que el pequeño rescoldo de inteligencia que
aún quedaba en el bobo se le encendía en imitar, como un pobre
mono, a su Don Manuel.

Su maravilla era la voz, una voz divina, que hacía llorar.[11]
Cuando al oficiar en misa mayor o solemne entonaba el prefacio,
estremecíase la iglesia y todos los que le oían sentíanse conmovidos
en sus entrañas. Su canto, saliendo del templo, iba a quedarse
dormido sobre el lago y al pie de la montaña. Y cuando en el
sermón de Viernes Santo clamaba aquello de: «¡Dios mío, Dios
mío!, ¿por qué me has abandonado?»,[33] pasaba por el pueblo todo
un temblor hondo como por sobre las aguas del lago en días de
cierzo de hostigo.[34] Y era como si oyesen a Nuestro Señor Jesucristo mismo, como si la voz brotara de aquel viejo crucifijo a cuyos
pies tantas generaciones de madres habían depositado sus congojas.
Como que una vez, al oírlo su madre, la de Don Manuel, no pudo

---

[33] Son las últimas palabras de Cristo antes de morir, según relata San Mateo, 27,
46. En *La agonía del cristianismo* escribe Unamuno unas frases reveladoras: «Y a este
Cristo, al de 'Dios mío, Dios mío, ¿por qué me has abandonado?' (Mateo, XXVII,
46), es al que rinden culto los creyentes agónicos. Entre los que se cuentan muchos
que creen no dudar, que creen que creen.»   [34] *cierzo de hostigo*: golpe de viento del
norte.

(11)   En varios pasajes de la novela se destaca la voz —repárese:
divina— de don Manuel; parece como si la voz armoniosa fuera más
importante que las palabras pronunciadas. Esto entronca con el papel
fundamental que desempeñan en Unamuno el tema de la madre y las
canciones de cuna, el puro arrullo de la madre que duerme al niño, que le
traslada a la feliz inconsciencia. La voz melódica de don Manuel —que no
decía «palabras» sino «cosas»— invita a los feligreses a no despertar, a
dormir el sueño de la fe, de la inconsciencia.

contenerse, y desde el suelo del templo, en que se sentaba, gritó: «¡Hijo mío!» Y fue un chaparrón de lágrimas entre todos. Creeríase que el grito maternal había brotado de la boca entreabierta de aquella Dolorosa —el corazón traspasado por siete espadas— que había en una de las capillas del templo.[35] Luego Blasillo el tonto iba repitiendo en tono patético por las callejas, y como en eco, el «¡Dios mío, Dios mío!, ¿por qué me has abandonado?», y de tal manera que al oírselo se les saltaban a todos las lágrimas, con gran regocijo del bobo por su triunfo imitativo.

Su acción sobre las gentes era tal que nadie se atrevía a mentir ante él, y todos, sin tener que ir al confesionario, se le confesaban. A tal punto que como hubiese una vez ocurrido un repugnante crimen en una aldea próxima, el juez, un insensato que conocía mal a Don Manuel, le llamó y le dijo:

—A ver si usted, Don Manuel, consigue que este bandido declare la verdad.

—¿Para que luego pueda castigársele? —replicó el santo varón—. No, señor juez, no; yo no saco a nadie una verdad que le lleve acaso a la muerte. Allá entre él y Dios... La justicia humana no me concierne. «No juzguéis para no ser juzgados», dijo Nuestro Señor.[36]

—Pero es que yo, señor cura...

—Comprendido; dé usted, señor juez, al César lo que es del César, que yo daré a Dios lo que es de Dios.[37]

Y al salir, mirando fijamente al presunto reo, le dijo:

—Mira bien si Dios te ha perdonado, que es lo único que importa.

En el pueblo todos acudían a misa, aunque sólo fuese por oírle y por verle en el altar, donde parecía transfigurarse, encendiéndosele

---

[35] El dolor de la madre ante la aflicción de su hijo representa el dolor de María ante el sufrimiento y el abandono de Cristo. Es conveniente recordar, además, que esta exclamación es la misma que lanzó la mujer de Unamuno cuando éste sufrió la honda crisis de 1897. Unamuno recreó este episodio en varias obras suyas. [36] San Mateo, 7, 1. [37] San Lucas, 20, 25.

el rostro. Había un santo ejercicio que introdujo en el culto
popular y es que, reuniendo en el templo a todo el pueblo, hombres y mujeres, viejos y niños, unas mil personas, recitábamos
al unísono, en una sola voz, el Credo: «Creo en Dios Padre
Todopoderoso, Criador del Cielo y de la Tierra...» y lo que sigue.
Y no era un coro, sino una sola voz, una voz simple y unida,
fundidas todas en una y haciendo como una montaña, cuya cumbre, perdida a las veces en nubes, era Don Manuel. Y al llegar a lo
de «creo en la resurrección de la carne y la vida perdurable» la voz
de Don Manuel se zambullía, como en un lago, en la del pueblo
todo, y era que él se callaba.[12] Y yo oía las campanadas de la
villa que se dice aquí que está sumergida en el lecho del lago
—campanadas que se dice también se oyen la noche de San Juan—
y eran las de la villa sumergida en el lago espiritual de nuestro
pueblo; oía la voz de nuestros muertos que en nosotros resucitaban
en la comunión de los santos.[38] Después, al llegar a conocer el
secreto de nuestro santo, he comprendido que era como si una
caravana en marcha por el desierto, desfallecido el caudillo al
acercarse al término de su carrera, le tomaran en hombros los
suyos para meter su cuerpo sin vida en la tierra de promisión.[39]

Los más no querían morirse sino cogidos de su mano como de un
ancla.

Jamás en sus sermones se ponía a declamar contra impíos,
masones, liberales o herejes. ¿Para qué, si no los había en la

---

[38] A las oraciones de los vivos se unen también las de los muertos que forman el
«lago espiritual» del pueblo. Para Unamuno los vivos deben mucho de lo que son a
los que vivieron antes que ellos y nos transmitieron no sólo la vida, sino también sus
costumbres, sus creencias, etc. Según la doctrina católica existe una solidaridad muy
estrecha entre los santos del cielo, las almas que sufren en el Purgatorio y los cristianos
de la tierra, de suerte que los méritos y las oraciones de unos influyen en los otros y
viceversa. A la cabeza de todos ellos está Cristo y juntos forman la comunión de los
Santos.   [39] El caudillo de esta caravana es Moisés.

---

(12) La frase que don Manuel se calla es «Creo en la resurrección de la
carne y la vida perdurable». Se trata de una verdad de fe capital para el
cristianismo, como revela San Pablo en la epístola que cita Unamuno al
principio de la novela.

aldea? Ni menos contra la mala prensa. En cambio, uno de los
más frecuentes temas de sus sermones era contra la mala lengua.
Porque él lo disculpaba todo y a todos disculpaba. No quería creer
en la mala intención de nadie.

—La envidia —gustaba repetir— la mantienen los que se empe-
ñan en creerse envidiados, y las más de las persecuciones son efecto
más de la manía persecutoria que no de la perseguidora.

—Pero fíjese, Don Manuel, en lo que me ha querido decir...

Y él:

—No debe importarnos tanto lo que uno quiera decir como lo
que diga sin querer...

Su vida era activa y no contemplativa, huyendo cuando podía
de no tener nada que hacer. Cuando oía eso de que la ociosidad es
la madre de todos los vicios, contestaba: «Y del peor de todos, que
es el pensar ocioso.» Y como yo le preguntara una vez qué es lo
que con eso quería decir, me contestó: «Pensar ocioso es pensar
para no hacer nada o pensar demasiado en lo que se ha hecho y no
en lo que hay que hacer. A lo hecho pecho, y a otra cosa, que no
hay peor que remordimiento sin enmienda.» ¡Hacer!, ¡hacer! Bien
comprendí yo ya desde entonces que Don Manuel huía de pensar
ocioso y a solas, que algún pensamiento le perseguía.

Así es que estaba siempre ocupado, y no pocas veces en inventar
ocupaciones. Escribía muy poco para sí, de tal modo que apenas
nos ha dejado escritos o notas;[13] mas en cambio hacía de memo-
rialista para los demás, y a las madres, sobre todo, les redactaba las
cartas para sus hijos ausentes.

Trabajaba también manualmente, ayudando con sus brazos a
ciertas labores del pueblo. En la temporada de trilla íbase a la era
a trillar y aventar, y en tanto les aleccionaba o les distraía. Sustituía
a las veces a algún enfermo en su tarea. Un día del más crudo
invierno se encontró con un niño, muertito de frío, a quien su
padre le enviaba a recoger una res a larga distancia, en el monte.

---

(13) *Apenas nos ha dejado escritos o notas:* Repárese en este hecho. Don
Manuel escribe poco para sí, es decir, no escribe ningún diario de modo
regular, ni suele apuntar sus pensamientos, quizá para no dejar en el futuro
señal alguna de su terrible secreto.

—Mira —le dijo al niño—, vuélvete a casa, a calentarte, y dile a tu padre que yo voy a hacer el encargo.

Y al volver con la res se encontró con el padre, todo confuso, que iba a su encuentro. En invierno partía leña para los pobres. Cuando se secó aquel magnífico nogal —«un nogal matriarcal» le llamaba—, a cuya sombra había jugado de niño y con cuyas nueces se había durante tantos años regalado, pidió el tronco, se lo llevó a su casa y después de labrar en él seis tablas, que guardaba al pie de su lecho, hizo del resto leña para calentar a los pobres.[14] Solía hacer también las pelotas para que jugaran los mozos y no pocos juguetes para los niños.

Solía acompañar al médico en su visita, y recalcaba las prescripciones de éste. Se interesaba sobre todo en los embarazos y en la crianza de los niños, y estimaba como una de las mayores blasfemias aquello de: «¡teta y gloria!» y lo otro de: «angelitos al cielo». Le conmovía profundamente la muerte de los niños.

—Un niño que nace muerto o que se muere recién nacido y un suicidio[15] —me dijo una vez— son para mí de los más terribles misterios: ¡un niño en cruz!

Y como una vez, por haberse quitado uno la vida, le preguntara el padre del suicida, un forastero, si le daría tierra sagrada, le contestó:

—Seguramente, pues en el último momento, en el segundo de la agonía, se arrepintió sin duda alguna.

Iba también a menudo a la escuela a ayudar al maestro, a enseñar con él, y no sólo el catecismo. Y es que huía de la ociosidad y de la soledad. De tal modo que por estar con el pueblo, y sobre todo con el mocerío y la chiquillería, solía ir al baile. Y

---

(14) Para Unamuno, la fe del niño es inocente y feliz. El recuerdo de sus vivencias de niño es un deseo de recuperar la fe perdida, la paz. El nogal en torno al cual jugó de pequeño don Manuel recuerda la fe de la infancia.

(15) Aparece aquí el tema del suicidio sobre el que reflexiona más adelante don Manuel.

más de una vez se puso en él a tocar el tamboril para que los mozos y las mozas bailasen, y esto, que en otro hubiera parecido grotesca profanación del sacerdocio, en él tomaba un sagrado carácter y como de rito religioso. Sonaba el *Angelus*, dejaba el tamboril y el palillo, se descubría y todos con él, y rezaba: «El ángel del Señor anunció a María: Ave María...» Y luego: —Y ahora, a descansar para mañana.

—Lo primero —decía—, es que el pueblo esté contento, que estén todos contentos de vivir. El contentamiento de vivir es lo primero de todo. Nadie debe querer morirse hasta que Dios quiera.

—Pues yo sí —le dijo una vez una recién viuda—, yo quiero seguir a mi marido...

—¿Y para qué? —le respondió. Quédate aquí para encomendar su alma a Dios.

En una boda dijo una vez: «¡Ay, si pudiese cambiar el agua toda de nuestro lago en vino, en un vinillo que por mucho que de él se bebiera alegrara siempre sin emborrachar nunca... o por lo menos con una borrachera alegre!»[40]

Una vez pasó por el pueblo una banda de pobres titiriteros. El jefe de ella, que llegó con la mujer gravemente enferma y embarazada, y con tres hijos que le ayudaban, hacía de payaso. Mientras él estaba, en la plaza del pueblo, haciendo reír a los niños y aun a los grandes, ella, sintiéndose de pronto gravemente indispuesta, se tuvo que retirar y se retiró escoltada por una mirada de congoja del payaso y una risotada de los niños. Y escoltada por Don Manuel, que luego, en un rincón de la cuadra de la posada, le ayudó a bien morir. Y cuando, acabada la fiesta, supo el pueblo y supo el payaso la tragedia, fuéronse todos a la posada y el pobre hombre, diciendo con llanto en la voz: «Bien se dice, señor cura, que es usted todo un santo», se acercó a éste queriendo tomarle la mano para besársela, pero Don Manuel se adelantó y tomándosela al payaso pronunció ante todos:

---

[40] Recuerda el episodio de las bodas de Caná, San Juan, 2, 1-5.

—El santo eres tú, honrado payaso;[16] te vi trabajar y comprendí que no sólo lo haces para dar pan a tus hijos, sino también para dar alegría a los de los otros, y yo te digo que tu mujer, la madre de tus hijos, a quien he despedido a Dios mientras trabajabas y alegrabas, descansa en el Señor, y que tú irás a juntarte con ella y a que te paguen riendo los ángeles a los que haces reír en el cielo de contento.

Y todos, niños y grandes, lloraban y lloraban tanto de pena como de un misterioso contento en que la pena se ahogaba. Y más tarde, recordando aquel solemne rato, he comprendido que la alegría imperturbable de Don Manuel era la forma temporal y terrena de una infinita y eterna tristeza que con heroica santidad recataba a los ojos y los oídos de los demás.

Con aquella su constante actividad, con aquel mezclarse en las tareas y las diversiones de todos, parecía querer huir de sí mismo, querer huir de su soledad. «Le temo a la soledad», repetía. Mas aun así, de vez en cuando se iba solo, orilla del lago, a las ruinas de aquella vieja abadía donde aún parecen reposar las almas de los piadosos cistercienses a quienes ha sepultado en el olvido la Historia. Allí está la celda del llamado Padre Capitán, y en sus paredes se dice que aún quedan señales de las gotas de sangre con que las salpicó al mortificarse. ¿Qué pensaría allí nuestro Don Manuel? Lo que sí recuerdo es que como una vez, hablando de la abadía, le preguntase yo cómo era que no se le había ocurrido ir al claustro, me contestó:

—No es sobre todo porque tenga, como tengo, mi hermana

---

(16) *El santo eres tú, honrado payaso:* Es un episodio importante en la novela. Para don Manuel no hay más vida que ésta y se trata de hacer que los demás la vivan felices. El payaso, a pesar de la enfermedad grave de la mujer, divierte a los demás, con lo que ayuda a aliviar el sufrimiento ajeno, el pecado de haber nacido. Esa es también la misión del párroco de Valverde: llevar a los demás el contento de vivir, a pesar de la *eterna tristeza* que don Manuel escondía a todos.

viuda y mis sobrinos a quienes sostener, que Dios ayuda a sus pobres, sino porque yo no nací para ermitaño, para anacoreta; la soledad me mataría el alma, y en cuanto a un monasterio, mi monasterio es Valverde de Lucerna. Yo no debo vivir solo; yo no debo morir solo. Debo vivir para mi pueblo, morir para mi pueblo. ¿Cómo voy a salvar mi alma si no salvo la de mi pueblo?

—Pero es que ha habido santos ermitaños, solitarios... —le dije.

—Sí, a ellos les dio el Señor la gracia de soledad que a mí me ha negado, y tengo que resignarme. Yo no puedo perder a mi pueblo para ganarme el alma. Así me ha hecho Dios. Yo no podría soportar las tentaciones del desierto. Yo no podría llevar solo la cruz del nacimiento.[17]

He querido con estos recuerdos, de los que vive mi fe, retratar a nuestro Don Manuel tal como era cuando yo, mocita de cerca de dieciséis años, volví del Colegio de Religiosas de Renada a nuestro monasterio de Valverde de Lucerna. Y volví a ponerme a los pies de su abad.

—¡Hola, la hija de la Simona —me dijo en cuanto me vio—, y hecha ya toda una moza, y sabiendo francés, y bordar y tocar el piano y qué sé yo qué más! Ahora a prepararte para darnos otra familia. Y tu hermano Lázaro, ¿cuándo vuelve? Sigue en el Nuevo Mundo, ¿no es así?

—Sí, señor, sigue en América...

—¡El Nuevo Mundo! Y nosotros en el Viejo. Pues bueno, cuando le escribas, dile de mi parte, de parte del cura, que estoy

---

(17) Las palabras con que se inicia la secuencia siguiente demuestran que ha terminado la presentación inicial de don Manuel. Conviene, en este punto, recordar qué es lo que sabemos por ahora del párroco. Su historia no la cuenta él, sino una de sus feligresas, Ángela, que traza un retrato del párroco y da cuenta de su incansable actividad para procurar la felicidad de su pueblo. Aquí y allá pueden observarse paralelos con palabras y acciones de Cristo. La narradora insinúa en alguna ocasión que hay algo que atormenta a don Manuel.

deseando saber cuándo vuelve del Nuevo Mundo a este viejo,
trayéndonos las novedades de por allá. Y dile que encontrará al
lago y a la montaña como los dejó[18]

Cuando me fui a confesar con él, mi turbación era tanta que no
acertaba a articular palabra. Recé el «yo pecadora» balbuciendo,
casi sollozando. Y él, que lo observó, me dijo:

—Pero ¿qué te pasa, corderilla? ¿De qué o de quién tienes
miedo? Porque tú no tiemblas ahora al peso de tus pecados ni por
temor de Dios, no; tú tiemblas de mí, ¿no es eso?

Me eché a llorar.

—Pero ¿qué es lo que te han dicho de mí? ¿Qué leyendas son
esas? ¿Acaso tu madre? Vamos, vamos, cálmate y haz cuenta que
estás hablando con tu hermano...

Me animé y empecé a confiarle mis inquietudes, mis dudas, mis
tristezas.

—¡Bah, bah, bah! ¿Y dónde has leído eso, marisabidilla? Todo
eso es literatura. No te des demasiado a ella, ni siquiera a Santa
Teresa. Y si quieres distraerte, lee el *Bertoldo*,[41] que leía tu padre.

Salí de aquella mi primera confesión con el santo hombre profundamente consolada. Y aquel mi temor primero, aquel más que
respeto miedo, con que me acerqué a él, trocóse en una lástima
profunda. Era yo entonces una mocita, una niña casi; pero empezaba a ser mujer, sentía en mis entrañas el jugo de la maternidad,
y al encontrarme en el confesonario junto al santo varón, sentí
como una callada confesión suya en el susurro sumiso de su voz y
recordé cómo cuando, al clamar él en la iglesia las palabras de
Jesucristo: «¡Dios mío, Dios mío!, ¿por qué me has abandonado?», su madre, la de Don Manuel, respondió desde el suelo:
«¡Hijo mío!,[42] y oí este grito que desgarraba la quietud del templo.[43] Y volví a confesarme con él para consolarle.

___

[41] Véase nota 27.   [42] Véase nota 35.   [43] Compárese con San Mateo, 27, 51: «La
cortina del templo se rasgó de arriba abajo en dos partes.»

(18) Obsérvese la oposición entre las «novedades» del Nuevo Mundo
(que aquí representan la Historia) y de otra parte el lago y la montaña
(Naturaleza), que no varían por más que pase el tiempo.

Una vez que en el confesonario le expuse una de aquellas dudas, me contestó:

—A eso, ya sabes, lo del Catecismo: «eso no me lo preguntéis a mí, que soy ignorante; doctores tiene la Santa Madre Iglesia que os sabrán responder».

—¡Pero si el doctor aquí es usted, Don Manuel...!

—¿Yo, yo doctor?, ¿doctor yo? ¡Ni por pienso![44] Yo, doctorcilla, no soy más que un pobre cura de aldea. Y esas preguntas, ¿sabes quién te las insinúa, quién te las dirige? Pues... ¡el Demonio!

Y entonces, envalentonándome, le espeté a boca de jarro:

—¿Y si se las dirigiese a usted, Don Manuel?

—¿A quién?, ¿a mí? ¿Y el Demonio? No nos conocemos, hija, no nos conocemos.

—¿Y si se las dirigiera?

—No le haría caso. Y basta, ¿eh?, despachemos, que me están esperando unos enfermos de verdad.

Me retiré, pensando, no sé por qué, que nuestro Don Manuel, tan afamado curandero de endemoniadas, no creía en el Demonio. Y al irme hacia mi casa topé con Blasillo el bobo, que acaso rondaba el templo, y que al verme, para agasajarme con sus habilidades, repitió —¡y de qué modo!— lo de «¡Dios mío, Dios mío!, ¿por qué me has abandonado?» Llegué a casa acongojada y me encerré en mi cuarto para llorar, hasta que llegó mi madre.

—Me parece, Angelita, con tantas confesiones, que tú te me vas a ir monja.

—No lo tema, madre —le contesté—, pues tengo harto que hacer aquí, en el pueblo, que es mi convento.

—Hasta que te cases.

—No pienso en ello —le repliqué.

Y otra vez que me encontré con Don Manuel, le pregunté, mirándole derechamente a los ojos:

—¿Es que hay Infierno, Don Manuel?

Y él sin inmutarse:

—¿Para ti, hija? No.

---

[44] *·¡Ni por pienso!·*: en absoluto, ni pensarlo.

—¿Y para los otros, le hay?

—¿Y a ti qué te importa, si no has de ir a él?

—Me importa por los otros. ¿Le hay?

—Cree en el cielo, en el cielo que vemos. Míralo —y me lo mostraba sobre la montaña y abajo, reflejado en el lago.

—Pero hay que creer en el Infierno, como en el cielo —le repliqué.

—Sí, hay que creer todo lo que cree y enseña a creer la Santa Madre Iglesia Católica, Apostólica, Romana. ¡Y basta!

Leí no sé qué honda tristeza en sus ojos, azules como las aguas del lago.

Aquellos años pasaron como un sueño. La imagen de Don Manuel iba creciendo en mí sin que yo de ello me diese cuenta, pues era un varón tan cotidiano, tan de cada día como el pan que a diario pedimos en el padrenuestro. Yo le ayudaba cuanto podía en sus menesteres, visitaba a sus enfermos, a nuestros enfermos, a las niñas de la escuela, arreglaba el ropero de la iglesia, le hacía, como me llamaba él, de diaconisa. Fui unos días, invitada por una compañera de colegio, a la ciudad, y tuve que volverme, pues en la ciudad me ahogaba, me faltaba algo, sentía sed de la vista de las aguas del lago, hambre de la vista de las peñas de la montaña; sentía, sobre todo, la falta de mi Don Manuel y como si su ausencia me llamara, como si corriese un peligro lejos de mí, como si me necesitara. Empezaba yo a sentir una especie de afecto maternal hacia mi padre espiritual;[19] quería aliviarle del peso de su cruz del nacimiento.[20]

---

(19) Ángela pasa de sentirse «hija espiritual» a «madre espiritual» de don Manuel. Algunas heroínas unamunianas, por ejemplo la protagonista de *La tía Tula*, sienten una poderosa llamada de la maternidad.

(20) En las primeras secuencias de esta segunda parte comienza a desarrollarse el tema fundamental de la novela. Se acaba de producir el encuentro entre don Manuel y Ángela, la cual intuye ya claramente que el párroco oculta algo a los demás. Las secuencias que siguen deben leerse con mucha atención.

Así fui llegando a mis veinticuatro años, que es cuando volvió de América, con un caudalillo ahorrado, mi hermano Lázaro. Llegó acá, a Valverde de Lucerna, con el propósito de llevarnos a mí y a nuestra madre a vivir a la ciudad, acaso a Madrid.

—En la aldea —decía— se entontece, se embrutece y se empobrece uno.

Y añadía:

—Civilización es lo contrario de ruralización; ¡aldeanerías, no!, que no hice que fueras al Colegio para que te pudras luego aquí, entre estos zafios patanes.

Yo callaba, aun dispuesta a resistir la emigración; pero nuestra madre, que pasaba ya de la sesentena, se opuso desde un principio. «¡A mi edad, cambiar de aguas!», dijo primero; mas luego dio a conocer claramente que ella no podría vivir fuera de la vista de su lago, de su montaña, y sobre todo de su Don Manuel.

—¡Sois como las gatas, que os apegáis a la casa! —repetía mi hermano.

Cuando se percató de todo el imperio que sobre el pueblo todo y en especial sobre nosotras, sobre mi madre y sobre mí, ejercía el santo varón evangélico, se irritó contra éste. Le pareció un ejemplo de la oscura teocracia[45] en que él suponía hundida a España. Y empezó a barbotar[46] sin descanso todos los viejos lugares comunes anticlericales y hasta antirreligiosos y progresistas que había traído renovados del Nuevo Mundo.[47]

—En esta España de calzonazos —decía— los curas manejan a las mujeres y las mujeres a los hombres... ¡y luego el campo!, ¡el campo!, este campo feudal...

Para él feudal era un término pavoroso; feudal y medieval eran los dos calificativos que prodigaba cuando quería condenar algo.

Le desconcertaba el ningún efecto que sobre nosotras hacían sus

---

[45] *teocracia*: gobierno en que el poder supremo está sometido al sacerdocio. [46] *barbotar*: mascullar, hablar entre dientes. [47] Cuando Lázaro vuelve de América recuerda al joven Unamuno, militante socialista, interesado en soluciones concretas para resolver problemas sociales.

diatribas y el casi ningún efecto que hacían en el pueblo, donde se le oía con respetuosa indiferencia. «A estos patanes no hay quien les conmueva.» Pero como era bueno por ser inteligente, pronto se dio cuenta de la clase de imperio que Don Manuel ejercía sobre el pueblo, pronto se enteró de la obra del cura de su aldea.

—¡No, no es como los otros —decía—, es un santo!

—¿Pero tú sabes cómo son los otros curas? —le decía yo, y él:

—Me lo figuro.

Mas aun así ni entraba en la iglesia ni dejaba de hacer alarde en todas partes de su incredulidad, aunque procurando siempre dejar a salvo a Don Manuel. Y ya en el pueblo se fue formando, no sé cómo, una expectativa, la de una especie de duelo entre mi hermano Lázaro y Don Manuel, o más bien se esperaba la conversión de aquél por éste. Nadie dudaba de que al cabo el párroco le llevaría a su parroquia. Lázaro, por su parte, ardía en deseos —me lo dijo luego— de ir a oír a Don Manuel, de verle y oírle en la iglesia, de acercarse a él y con él conversar, de conocer el secreto de aquel su imperio espiritual sobre las almas. Y se hacía de rogar para ello, hasta que al fin, por curiosidad —decía— fue a oírle.

—Sí, esto es otra cosa —me dijo luego de haberle oído—, no es como los otros, pero a mí no me la da; es demasiado inteligente para creer todo lo que tiene que enseñar.

—¿Pero es que le crees un hipócrita? —le dije.

—¡Hipócrita... no!, pero es el oficio del que tiene que vivir.

En cuanto a mí, mi hermano se empeñaba en que yo leyese de libros que él trajo y de otros que me incitaba a comprar.

—¿Conque tu hermano Lázaro —me decía Don Manuel— se empeña en que leas? Pues lee, hija mía, lee y dale así gusto. Sé que no has de leer sino cosa buena; lee aunque sea novelas. No son mejores las historias que llaman verdaderas.[48] Vale más que leas que no el que te alimentes de chismes y comadrerías del pueblo. Pero lee sobre todo libros de piedad que te den contento de vivir, un contento apacible y silencioso.

¿Le tenía él?

---

[48] Para Unamuno, tan verdaderas eran las historias de las novelas como las «llamadas verdaderas», es decir, las «reales».

Por entonces enfermó de muerte y se nos murió nuestra madre, y en sus últimos días todo su hipo[49] era que Don Manuel convirtiese a Lázaro, a quien esperaba volver a ver un día en el cielo, en un rincón de las estrellas desde donde se viese el lago y la montaña de Valverde de Lucerna. Ella se iba ya, a ver a Dios.

—Usted no se va —le decía Don Manuel—, usted se queda. Su cuerpo aquí, en esta tierra, y su alma también aquí, en esta casa, viendo y oyendo a sus hijos aunque éstos ni le vean ni le oigan.

—Pero yo, padre —dijo—, voy a ver a Dios.

—Dios, hija mía, está aquí como en todas partes, y le verá usted desde aquí, desde aquí. Y a todos nosotros en Él, y a Él en nosotros.

—Dios se lo pague —le dije.

—El contento con que tu madre se muera —me dijo— será su eterna vida.

Y volviéndose a mi hermano Lázaro:

—Su cielo es seguir viéndote, y ahora es cuando hay que salvarla. Dile que rezarás por ella.

—Pero...

—¿Pero...? Dile que rezarás por ella, a quien debes la vida, y sé que una vez que se lo prometas rezarás, y sé que luego que reces...[50]

Mi hermano, acercándose, arrasados sus ojos en lágrimas, a nuestra madre agonizante, le prometió solemnemente rezar por ella.

—Y yo en el cielo por ti, por vosotros —respondió mi madre, y besando el crucifijo y puestos sus ojos en los de Don Manuel, entregó su alma a Dios.

—«¡En tus manos encomiendo mi espíritu!»[51] —rezó el santo varón.

---

[49] *hipo*: angustia, ansia, deseo eficaz de una cosa.   [50] ... acabarás creyendo. Esta idea tiene su origen en Pascal. Véase más adelante, nota 55.   [51] Palabras de Cristo en la cruz: San Lucas, 23, 46.

Quedamos mi hermano y yo solos en la casa. Lo que pasó en la muerte de nuestra madre puso a Lázaro en relación con Don Manuel,[21] que pareció descuidar algo a sus demás pacientes, a sus demás menesterosos, para atender a mi hermano. Íbanse por las tardes de paseo, orilla del lago, o hacia las ruinas, vestidas de hiedra, de la vieja abadía de cistercienses.

—Es un hombre maravilloso —me decía Lázaro—. Ya sabes que dicen que en el fondo de este lago hay una villa sumergida y que en la noche de San Juan, a las doce, se oyen las campanadas de su iglesia.

—Sí —le contestaba yo—, una villa feudal y medieval...

—Y creo —añadía él— que en el fondo del alma de nuestro Don Manuel hay también sumergida, ahogada, una villa y que alguna vez se oyen sus campanadas.

—Sí —le dije—, esa villa sumergida en el alma de Don Manuel, ¿y por qué no también en la tuya?, es el cementerio de las almas de nuestros abuelos, los de esta nuestra Valverde de Lucerna... ¡feudal y medieval!

Acabó mi hermano por ir a misa siempre, a oír a Don Manuel, y cuando se dijo que cumpliría con la parroquia, que comulgaría cuando los demás comulgasen, recorrió un íntimo regocijo al pueblo todo, que creyó haberle recobrado. Pero fue un regocijo tal, tan limpio, que Lázaro no se sintió ni vencido ni disminuido.

Y llegó el día de su comunión, ante el pueblo todo, con el pueblo todo. Cuando llegó la vez a mi hermano pude ver que Don Manuel, tan blanco como la nieve de enero en la montaña y temblando como tiembla el lago cuando le hostiga el cierzo, se le

---

(21) A partir de aquí, la relación entre Lázaro y don Manuel comienza a estrecharse particularmente. Varios estudiosos de la novela han señalado el parecido del párroco y el feligrés con don Quijote y Sancho Panza.

acercó con la sagrada forma en la mano, y de tal modo le temblaba ésta al arrimarla a la boca de Lázaro, que se le cayó la forma a
tiempo que le daba un vahído. Y fue mi hermano mismo quien
recogió la hostia y se la llevó a la boca. Y el pueblo, al ver llorar a
Don Manuel, lloró diciéndose: «¡Cómo le quiere!»⁵² Y entonces,
pues era la madrugada, cantó un gallo.⁵³

Al volver a casa y encerrarme en ella con mi hermano, le eché
los brazos al cuello y besándole le dije:

—Ay, Lázaro, Lázaro, qué alegría nos has dado a todos, a todos,
a todo el pueblo, a todo, a los vivos y a los muertos y sobre todo a
mamá, a nuestra madre. ¿Viste? El pobre Don Manuel lloraba de
alegría. ¡Qué alegría nos has dado a todos!

—Por eso lo he hecho —me contestó.

—¿Por eso? ¿Por darnos alegría? Lo habrás hecho ante todo por
ti mismo, por conversión.

Y entonces Lázaro, mi hermano, tan pálido y tan tembloroso
como Don Manuel cuando le dio la comunión, me hizo sentarme,
en el sillón mismo donde solía sentarse nuestra madre, tomó huelgo,⁵⁴ y luego, como en íntima confesión doméstica y familiar, me
dijo:(22)

—Mira, Angelita, ha llegado la hora de decirte la verdad, toda
la verdad, y te la voy a decir, porque debo decírtela, porque a ti
no puedo, no debo callártela y porque además habrías de adivinar-
la, y a medias, que es lo peor, más tarde o más temprano.

Y entonces, serena y tranquilamente, a media voz, me contó una
historia que me sumergió en un lago de tristeza. Cómo Don
Manuel le había venido trabajando, sobre todo en aquellos paseos
a las ruinas de la vieja abadía cisterciense, para que no escandaliza-

---

⁵² Son las palabras que pronunciaron los judíos al ver llorar a Cristo cuando supo
de la muerte de Lázaro. San Juan, 11, 35-37. ⁵³ Recuérdense las tres veces que San
Pedro negó a Jesús antes de que cantara el gallo, según profetizó Jesús: San Mateo,
26, 74-75. ⁵⁴ *huelgo*: aliento.

(22) En este pasaje se descubre el secreto fundamental que se había
mantenido a lo largo de la novela pero que Ángela había intuido mucho
antes.

se, para que diese buen ejemplo, para que se incorporase a la vida religiosa del pueblo, para que fingiese creer si no creía, para que ocultase sus ideas al respecto, mas sin intentar siquiera catequizarle, convertirle de otra manera.

—¿Pero es eso posible? —exclamé consternada.

—¡Y tan posible, hermana, y tan posible! Y cuando yo le decía: «¿Pero es usted, usted, el sacerdote, el que me aconseja que finja?», él, balbuciente: «¿Fingir?, ¡fingir no!, ¡eso no es fingir! Toma agua bendita, que dijo alguien, y acabarás creyendo!»[55] Y como yo, mirándole a los ojos, le dijese: «¿Y usted celebrando misa ha acabado por creer?», él bajó la mirada al lago y se le llenaron los ojos de lágrimas. Y así es como le arranqué su secreto.

—¡Lázaro! —gemí.

Y en aquel momento pasó por la calle Blasillo el bobo, clamando su: «¡Dios mío, Dios mío!, ¿por qué me has abandonado?» Y Lázaro se estremeció creyendo oír la voz de Don Manuel, acaso la de Nuestro Señor Jesucristo.[(23)]

—Entonces —prosiguió mi hermano—, comprendí sus móviles y con esto comprendí su santidad; porque es un santo, hermana, todo un santo. No trataba al emprender ganarme para su santa causa —porque es una causa santa, santísima—, arrogarse un triunfo, sino que lo hacía por la paz, por la felicidad, por la ilusión si quieres, de los que le están encomendados; comprendí que si les engaña así —si es que esto es engaño— no es por medrar. Me rendí a sus razones, y he aquí mi conversión. Y no me olvidaré jamás del día en que diciéndole yo: «Pero, Don Manuel, la verdad, la verdad ante todo», él, temblando, me susurró al oído — y eso que estábamos solos en medio del campo—: «¿La verdad? La verdad, Lázaro, es acaso algo terrible, algo intolerable, algo

---

[55] Ese alguien a quien se refiere don Manuel es Blas Pascal. La sentencia procede de su obra *Pensamientos*.

---

(23) Unamuno introduce intencionadamente, en un momento de clímax, al personaje de Blasillo, un personaje sólo aparentemente «cómico». Las palabras que el bobo repite mecánicamente intensifican el patetismo del momento y estremecen a los protagonistas.

mortal, la gente sencilla no podría vivir con ella.» —«¿Y por qué me la deja entrever ahora aquí, como en confesión?», le dije. Y él: «Porque si no me atormentaría tanto, tanto, que acabaría gritándola en medio de la plaza, y eso jamás, jamás, jamás. Yo estoy para hacer vivir a las almas de mis feligreses, para hacerles felices, para hacerles que se sueñen inmortales y no para matarles. Lo que aquí hace falta es que vivan sanamente, que vivan en unanimidad de sentido, y con la verdad, con mi verdad, no vivirían. Que vivan. Y esto hace la Iglesia, hacerles vivir. ¿Religión verdadera? Todas las religiones son verdaderas en cuanto hacen vivir espiritualmente a los pueblos que las profesan, en cuanto les consuelan de haber tenido que nacer para morir,[24] y para cada pueblo la religión más verdadera es la suya, la que le ha hecho. ¿Y la mía? La mía es consolarme en consolar a los demás, aunque el consuelo que les doy no sea el mío.»[56] Jamás olvidaré estas sus palabras.[25]

—¡Pero esa comunión tuya ha sido un sacrilegio! —me atreví a insinuar, arrepintiéndome al punto de haberlo insinuado.

—¿Sacrilegio? ¿Y él que me la dio? ¿Y sus misas?

—¡Qué martirio! —exclamé.

—Y ahora —añadió mi hermano —hay otro más para consolar al pueblo.

—¿Para engañarle? —dije.

—Para engañarle no —me replicó—, sino para corroborarle en su fe.

—Y él, el pueblo —dije— ¿cree de veras?

---

[56] No está de más recordar aquí cómo definía Unamuno su religión en 1907: «Mi religión es buscar la verdad en la vida y la vida en la verdad, aun a sabiendas de que no he de encontrarlas mientras viva; mi religión es luchar incesantemente e incansablemente con el misterio.»

(24) Idea fundamental del existencialismo: el hombre nace para morir, es un ser para la muerte.

(25) Se trata de un pasaje fundamental a partir del cual hay que entender la conducta del párroco. En opinión de don Manuel, el pueblo no está preparado para soportar lo que él considera la verdad, es decir, que después de la muerte no hay otra vida. Él silencia este absurdo al pueblo y le «engaña» con el consuelo que ofrece la religión.

—¡Qué sé yo...! Cree sin querer, por hábito, por tradición. Y lo que hace falta es no despertarle.[(26)] Y que viva en su pobreza de sentimientos para que no adquiera torturas de lujo. ¡Bienaventurados los pobres de espíritu![57]

—Eso, hermano, lo has aprendido de Don Manuel. Y ahora, dime, ¿has cumplido aquello que le prometiste a nuestra madre cuando ella se nos iba a morir, aquello de que rezarías por ella?

—¡Pues no se lo había de cumplir! Pero, ¿por quién me has tomado, hermana? ¿Me crees capaz de faltar a mi palabra, a una promesa solemne, y a una promesa hecha, y en el lecho de muerte, a una madre?

—¡Qué sé yo...! Pudiste querer engañarla para que muriese consolada.

—Es que si yo no hubiese cumplido la promesa viviría sin consuelo.

—¿Entonces?

—Cumplí la promesa y no he dejado de rezar ni un solo día por ella.

—¿Sólo por ella?

—Pues, ¿por quién más?

—¡Por ti mismo! Y de ahora en adelante, por Don Manuel.

Nos separamos para irnos cada uno a su cuarto, yo a llorar toda la noche, a pedir por la conversión de mi hermano y de Don Manuel, y él, Lázaro, no sé bien a qué.

Después de aquel día temblaba yo de encontrarme a solas con Don Manuel, a quien seguía asistiendo en sus piadosos menesteres. Y él pareció percatarse de mi estado íntimo y adivinar su causa. Y

---

[57] San Mateo, 5, 3.

(26) Esta actitud es contraria a la del Unamuno que se atribuía un papel de agitador de conciencias para despertarlas a la fe viva, llena de dudas. Sabemos, sin embargo, que don Miguel añoraba la fe inocente de la infancia.

cuando al fin me acerqué a él en el tribunal de la penitencia
— ¿quién era el juez y quién el reo?—, los dos, él y yo, doblamos
en silencio la cabeza y nos pusimos a llorar. Y fue él, Don Manuel
quien rompió el tremendo silencio para decirme con voz que
parecía salir de una huesa:[58]

—Pero tú, Angelina, tú crees como a los diez años, ¿no es así?
¿Tú crees?[(27)]

—Sí creo, padre.

—Pues sigue creyendo. Y si se te ocurren dudas, cállatelas a ti
misma. Hay que vivir...

Me atreví, y toda temblorosa le dije:

—Pero usted, padre, ¿cree usted?

Vaciló un momento y reponiéndose me dijo:

—¡Creo!

—¿Pero en qué, padre, en qué? ¿Cree usted en la otra vida?,
¿cree usted que al morir no nos morimos del todo?, ¿cree que
volveremos a vernos, a querernos en otro mundo venidero?, ¿cree
en la otra vida?[59]

El pobre santo sollozaba.

¿por qué estaba triste?

—¡Mira, hija, dejemos eso!

Y ahora, al escribir esta memoria, me digo: ¿Por qué no me
engañó?, ¿por qué no me engañó entonces como engañaba a los
demás? ¿Por qué se acongojó?, ¿porque no podía engañarse a sí
mismo, o porque no podía engañarme? Y quiero creer que se
acongojaba porque no podía engañarse para engañarme.[(28)]

—Y ahora —añadió—, reza por mí, por tu hermano, por ti
misma, por todos. Hay que vivir. Y hay que dar vida.

Y después de una pausa:

—¿Y por qué no te casas, Angelina?

---

[58] *huesa:* fosa, sepultura.   [59] Se trata de una cuestión fundamental del Unamuno
agónico. Véase la Introducción.

(27) Obsérvese la referencia tan precisa a la fe de la infancia.

(28) La narración se ha detenido para dejar paso a la reflexión. El estilo
se resiente de manera notable: las repeticiones (verbo *engañar* hasta siete
veces) y las interrogaciones cortan la fluidez que venía caracterizando
hasta ahora a la prosa.

—Ya sabe usted, padre mío, por qué.

—Pero no, no; tienes que casarte. Entre Lázaro y yo te buscaremos un novio. Porque a ti te conviene casarte para que se te curen esas preocupaciones.

—¿Preocupaciones, Don Manuel?

—Yo sé bien lo que me digo. Y no te acongojes demasiado por los demás, que harto tiene cada cual con tener que responder de sí mismo.

—¡Y que sea usted, Don Manuel, el que me diga eso!, ¡que sea usted el que me aconseje que me case para responder de mí y no acuitarme[60] por los demás!, ¡que sea usted!

—Tienes razón, Angelina, no sé ya lo que me digo; no sé ya lo que me digo desde que estoy confesándome contigo. Y sí, sí, hay que vivir, hay que vivir.

Y cuando yo iba a levantarme para salir del templo, me dijo:

—Y ahora, Angelina, en nombre del pueblo, ¿me absuelves?[(29)]

Me sentí como penetrada de un misterioso sacerdocio y le dije:

—En nombre de Dios Padre, Hijo y Espíritu Santo, le absuelvo, padre.

Y salimos de la iglesia, y al salir se me estremecían las entrañas maternales.

Mi hermano, puesto ya del todo al servicio de la obra de Don Manuel, era su más asiduo colaborador y compañero. Les anudaba, además, el común secreto. Le acompañaba en sus visitas a los enfermos, a las escuelas, y ponía su dinero a disposición del santo varón. Y poco faltó para que no aprendiera a ayudarle a misa. E iba entrando cada vez más en el alma insondable de Don Manuel.

---

[60] *acuitarme:* preocuparme.

(29) Don Manuel no tiene fe y sin embargo la predica. Puede decirse, pues, que ha engañado al pueblo, que le ha mentido, de ahí que pida a Ángela (que es del pueblo pero que también conoce la terrible verdad del párroco) su absolución en nombre de todos aquellos a los que engaña pero hace felices. Nótese la inversión de papeles entre confesor y confesada.

—¡Qué hombre! —me decía—. Mira, ayer, paseando a orillas del lago, me dijo: «He ahí mi tentación mayor.» Y como yo le interrogase con la mirada, añadió: «Mi pobre padre, que murió de cerca de noventa años, se pasó la vida, según me lo confesó él mismo, torturado por la tentación del suicidio, que le venía no recordaba desde cuándo, *de nación*,[61] decía, y defendiéndose de ella. Y esa defensa fue su vida. Para no sucumbir a tal tentación extremaba los cuidados por conservar la vida. Me contó escenas terribles. Me parecía como una locura. Y yo la he heredado. ¡Y cómo me llama esa agua que con su aparente quietud —la corriente va por dentro— espeja al cielo! ¡Mi vida, Lázaro, es una especie de suicidio continuo, un combate contra el suicidio, que es igual; pero que vivan ellos, que vivan los nuestros!» Y luego añadió: «Aquí se remansa el río en lago, para luego, bajando a la meseta, precipitarse en cascadas, saltos y torrenteras por las hoces y enca-ñadas,[62] junto a la ciudad, y así se remansa la vida, aquí, en la aldea. Pero la tentación del suicidio es mayor aquí, junto al remanso que espeja de noche las estrellas, que no junto a las cascadas que dan miedo. Mira, Lázaro, he asistido a bien morir a pobres aldeanos, ignorantes, analfabetos que apenas si habían salido de la aldea, y he podido saber de sus labios, y cuando no adivinarlo, la verdadera causa de su enfermedad de muerte, y he podido mirar, allí, a la cabecera de su lecho de muerte, toda la negrura de la sima del tedio de vivir. ¡Mil veces peor que el hambre! Sigamos, pues, Lázaro, suicidándonos en nuestra obra y en nuestro pueblo, y que sueñe éste su vida como el lago sueña el cielo.»

Otra vez —me decía también mi hermano—, cuando volvía-mos acá, vimos a una zagala, una cabrera, que enhiesta sobre un picacho de la falda de la montaña, a la vista del lago, estaba cantando con una voz más fresca que las aguas de éste. Don Manuel me detuvo y señalándomela dijo: «Mira, parece como si se hubiera acabado el tiempo, como si esa zagala hubiese estado ahí siempre, y como está, y cantando como está, y como si hubiera de seguir estando así siempre, como estuvo cuando no empezó mi

---

[61] *de nación*: de nacimiento. [62] *encañada*: garganta o paso entre dos montes.

conciencia, como estará cuando se me acabe. Esa zagala forma
parte, con las rocas, las nubes, los árboles, las aguas, de la naturaleza y no de la historia:[30] ¡Cómo siente, cómo anima Don Manuel
a la naturaleza! Nunca olvidaré el día de la nevada en que me
dijo: «¿Has visto, Lázaro, misterio mayor que el de la nieve
cayendo en el lago y muriendo en él mientras cubre con su toca a
la montaña?»[31]

Don Manuel tenía que contener a mi hermano en su celo y en su
inexperiencia de neófito.[63] Y como supiese que éste andaba predicando contra ciertas supersticiones populares, hubo de decirle:

—¡Déjalos! ¡Es tan difícil hacerles comprender dónde acaba la
creencia ortodoxa y dónde empieza la superstición! Y más para nosotros. Déjalos, pues, mientras se consuelen. Vale más que lo crean
todo, aun cosas contradictorias entre sí, a no que no crean nada.
Eso de que el que cree demasiado acaba por no creer nada, es cosa
de protestantes. No protestemos. La protesta mata el contento.

Una noche de plenilunio —me contaba también mi hermano—
volvían a la aldea por la orilla del lago, a cuya sobrehaz[64] rizaba
entonces la brisa montañesa y en el rizo cabrilleaban las razas de
la luna llena,[65] y Don Manuel le dijo a Lázaro:

---

[63] *neófito:* persona recién convertida a una religión. [64] *sobrehaz:* superficie.
[65] *cabrilleaban las razas de la luna llena:* los rayos de la luna se reflejaban temblorosa-
mente.

---

(30) Don Manuel envidia la vida intrahistórica de la cabrera, tan lejana
del mundo agónico de la desesperación en que se debate su alma. Parece
entreverse en sus palabras una invitación, cansado como está de luchar, a
la vida inconsciente, a la fusión con la naturaleza, a la quietud.

(31) Importante imagen: la nieve se derrite, se diluye (muere) en el
lago, pero cubre la montaña donde permanece (vive). A partir de este
pasaje y de algunos otros de la novela, algunos críticos han visto en la
montaña un símbolo de la fe, de la vida eterna, frente al lago que
representaría la nada. Por lo demás, el misterio no parece tal. Los copos se
derriten, se diluyen en el lago como las almas en la nada.

—¡Mira, el agua está rezando la letanía y ahora dice: *ianua caeli, ora pro nobis*, puerta del cielo, ruega por nosotros!

Y cayeron temblando de sus pestañas a la yerba del suelo dos huideras[66] lágrimas en que también, como en rocío, se bañó temblorosa la lumbre de la luna llena.

E iba corriendo el tiempo y observábamos mi hermano y yo que las fuerzas de Don Manuel empezaban a decaer, que ya no lograba contener del todo la insondable tristeza que le consumía, que acaso una enfermedad traidora le iba minando el cuerpo y el alma. Y Lázaro, acaso para distraerle más, le propuso si no estaría bien que fundasen en la iglesia algo así como un sindicato católico agrario.

—¿Sindicato? —respondió tristemente Don Manuel—. ¿Sindicato? ¿Y qué es eso? Yo no conozco más sindicato que la Iglesia, y ya sabes aquello de «mi reino no es de este mundo». Nuestro reino, Lázaro, no es de este mundo...[67]

—¿Y del otro?

Don Manuel bajó la cabeza.

—El otro, Lázaro, está aquí también, porque hay dos reinos en este mundo. O mejor, el otro mundo... vamos, que no sé lo que me digo. Y en cuanto a eso del sindicato, es en ti un resabio[68] de tu época de progresismo. No, Lázaro, no: la religión no es para resolver los conflictos económicos o políticos de este mundo que Dios entregó a las disputas de los hombres. Piensen los hombres y obren los hombres como pensaren y como obraren, que se consuelen de haber nacido, que vivan lo más contentos que puedan en la ilusión de que todo esto tiene una finalidad. Yo no he venido a someter los pobres a los ricos, ni a predicar a estos que se sometan a aquéllos. Resignación y caridad en todos y para todos. Porque también el rico tiene que resignarse a su riqueza, y a la vida, y

---

[66] *huideras:* huidizas.   [67] Frase que dijo Jesús a Pilato: San Juan, 18, 36. En ella fundamenta don Manuel que no hay que preocuparse en exceso por el bien material de las personas en el mundo.   [68] *resabio:* vicio, mala costumbre.

también el pobre tiene que tener caridad para con el rico. ¿Cuestión social? Deja eso, eso no nos concierne. Que traen una nueva sociedad, en que no haya ya ricos ni pobres, en que esté justamente repartida la riqueza, en que todo sea de todos, ¿y qué? ¿Y no crees que del bienestar general resurgirá más fuerte el tedio a la vida? Sí, ya sé que uno de esos caudillos de la que llaman la revolución social ha dicho que la religión es el opio del pueblo.[69] Opio... opio... Opio, sí. Démosle opio, y que duerma y que sueñe. Yo mismo con esta mi loca actividad me estoy administrando opio. Y no logro dormir bien y menos soñar bien. ¡Esta terrible pesadilla! Y yo también puedo decir con el Divino Maestro: «Mi alma está triste hasta la muerte.»[70] No, Lázaro, no; nada de sindicatos por nuestra parte. Si lo forman ellos me parecerá bien, pues que así se distraen. Que jueguen al sindicato, si eso les contenta.[32]

El pueblo todo observó que a Don Manuel le menguaban las fuerzas, que se fatigaba. Su voz misma, aquella voz que era un milagro, adquirió un cierto temblor íntimo. Se le asomaban las lágrimas con cualquier motivo. Y sobre todo cuando hablaba al pueblo del otro mundo, de la otra vida, tenía que detenerse a ratos cerrando los ojos. «Es que lo está viendo», decían.[33] Y en aquellos

[69] Se refiere a Karl Marx, en concreto a la *Introducción a la filosofía del derecho de Hegel* (1884). [70] Jesús pronunció esta frase en Getsemaní, antes de sufrir la Pasión: San Mateo, 26, 38; San Marcos, 14, 34.

(32) Deben tenerse muy presentes las opiniones que vierte don Manuel. Repárese en el papel que otorga a la religión: llevar consuelo, «contento de vivir», a la vida de todos los hombres, sean ricos o pobres, hacerles creer que la vida tiene un sentido, dar opio al pueblo para que no despierte a la terrible verdad. Esta tarea está, a juicio del párroco, muy por encima de la preocupación por solucionar las injusticias sociales. El verdadero problema del hombre, piensa él, ni siquiera se habrá rozado cuando se hayan encontrado esas soluciones.

(33) Obsérvese el contraste entre la opinión que tiene el pueblo sobre las lágrimas de don Manuel y la verdadera razón oculta de ese llanto.

momentos era Blasillo el bobo el que con más cuajo lloraba.[71] Porque ya Blasillo lloraba más que reía, y hasta sus risas sonaban a lloros.

Al llegar la última Semana de Pasión[72] que con nosotros, en nuestro mundo, en nuestra aldea, celebró Don Manuel, el pueblo todo presintió el fin de la tragedia. ¡Y cómo sonó entonces aquel: «¡Dios mío, Dios mío!, ¿por qué me has abandonado?», el último que en público sollozó Don Manuel! Y cuando dijo lo del Divino Maestro al buen bandolero —«todos los bandoleros son buenos», solía decir nuestro Don Manuel—, aquello de: «mañana estarás conmigo en el paraíso».[73] ¡Y la última comunión general que repartió nuestro santo! Cuando llegó a dársela a mi hermano, esta vez con mano segura, después del litúrgico: «...*in vitam aeternam*» se le inclinó al oído y le dijo: «No hay más vida eterna que ésta... que la sueñen eterna... eterna de unos pocos años...» Y cuando me la dio a mí me dijo: «Reza, hija mía, reza por nosotros.» Y luego, algo tan extraordinario que lo llevo en el corazón como el más grande misterio, y fue que me dijo con voz que parecía de otro mundo: «... y reza también por Nuestro Señor Jesucristo...»[(34)]

Me levanté sin fuerzas y como sonámbula. Y todo en torno me pareció un sueño. Y pensé: «Habré de rezar también por el lago y por la montaña.» Y luego: «¿Es que estaré endemoniada?» Y en casa ya, cogí el crucifijo con el cual en las manos había entregado a Dios su alma mi madre, y mirándolo a través de mis lágrimas y recordando el: «¡Dios mío, Dios mío!, ¿por qué me has abandona-

---

[71] *el que con más cuajo lloraba:* el que lloraba más aparatosamente.　[72] Don Manuel muere en las mismas fechas en las que la Iglesia recuerda la muerte de Cristo. [73] San Lucas, 24, 43.

(34) Unas páginas más adelante sabremos que don Manuel intuía la posibilidad de que más de un gran santo, y acaso el mayor de todos, esto es, Cristo, hubiera muerto sin tener la fe que predicó. La misma terrible sospecha se desprende de las palabras que ahora comentamos. Nuevo paralelismo, pues, entre don Manuel y Cristo (véase lo que dice Ángela más adelante: «Nuestros dos Cristos, el de esta tierra y el de esta aldea»). Relaciónese este pasaje con la cita de Kierkegaard que reproduce Unamuno en el prólogo.

do?» de nuestros dos Cristos, el de esta Tierra y el de esta aldea, recé: «hágase tu voluntad así en la tierra como en el cielo», primero, y después: «y no nos dejes caer en la tentación, amén». Luego me volví a aquella imagen de la Dolorosa, con su corazón traspasado por siete espadas, que había sido el más doloroso consuelo de mi pobre madre, y recé: «Santa María, madre de Dios, ruega por nosotros, pecadores, ahora y en la hora de nuestra muerte, amén.» Y apenas lo había rezado cuando me dije: «¿pecadores?, ¿nosotros pecadores?, ¿y cuál es nuestro pecado, cuál?» Y anduve todo el día acongojada por esta pregunta.

Al día siguiente acudí a Don Manuel, que iba adquiriendo una solemnidad de religioso ocaso, y le dije:

—¿Recuerda, padre mío, cuando hace ya años, al dirigirle yo una pregunta me contestó: «Eso no me lo preguntéis a mí, que soy ignorante; doctores tiene la Santa Madre Iglesia que os sabrán responder»?

—¡Que si me acuerdo!... y me acuerdo que te dije que esas eran preguntas que te dictaba el Demonio.

—Pues bien, padre, hoy vuelvo yo, la endemoniada, a dirigirle otra pregunta que me dicta mi demonio de la guarda.

—Pregunta.

—Ayer, al darme de comulgar, me pidió que rezara por todos nosotros y hasta por...

—Bien, cállalo y sigue.

—Llegué a casa y me puse a rezar, y al llegar a aquello de «ruega por nosotros, pecadores, ahora y en la hora de nuestra muerte», una voz íntima me dijo: «¿pecadores?, ¿pecadores nosotros?, ¿y cuál es nuestro pecado?» ¿Cuál es nuestro pecado, padre?

—¿Cuál? —me respondió—. Ya lo dijo un gran doctor de la Iglesia Católica Apostólica Española, ya lo dijo el gran doctor de *La vida es sueño*, ya dijo que «el delito mayor del hombre es haber nacido».[74] Ese es, hija, nuestro pecado: el haber nacido.

—¿Y se cura, padre?

—¡Vete y vuelve a rezar! Vuelve a rezar por nosotros, pecadores, ahora y en la hora de nuestra muerte... Sí, al fin se cura el

---

[74] Calderón de la Barca, *La vida es sueño*, Jornada I, Escena 2.ª

sueño... al fin se cura la vida... al fin se acaba la cruz del nacimiento... Y como dijo Calderón, el hacer bien, y el engañar bien, ni aun en sueños se pierde...[35]

Y la hora de su muerte llegó por fin. Todo el pueblo la veía llegar. Y fue su más grande lección. No quiso morirse ni solo ni ocioso. Se murió predicando al pueblo, en el templo. Primero, antes de mandar que le llevasen a él, pues no podía ya moverse por la perlesía,[75] nos llamó a su casa a Lázaro y a mí. Y allí, los tres a solas, nos dijo:

—Oíd: cuidad de estas pobres ovejas, que se consuelen de vivir, que crean lo que yo no he podido creer. Y tú, Lázaro, cuando hayas de morir, muere como yo, como morirá nuestra Ángela, en el seno de la Santa Madre Católica Apostólica Romana, de la Santa Madre Iglesia de Valverde de Lucerna, bien entendido. Y hasta nunca más ver, pues se acaba este sueño de la vida...

—¡Padre, padre! —gemí yo.

—No te aflijas, Ángela, y sigue rezando por todos los pecadores, por todos los nacidos. Y que sueñen, que sueñen. ¡Qué ganas tengo de dormir, dormir, dormir sin fin, dormir por toda una eternidad y sin soñar!, ¡olvidando el sueño! Cuando me entierren, que sea en una caja hecha con aquellas seis tablas que tallé del viejo nogal, ¡pobrecito!, a cuya sombra jugué de niño, cuando empezaba a soñar... ¡Y entonces sí que creía en la vida perdurable! Es decir, me figuro ahora que creía entonces. Para un niño creer no es más

---

[75] *perlesía*: parálisis.

(35) Conviene recordar algunas de las cuestiones generales que se han ido planteando en esta parte. Se han producido los encuentros fundamentales entre don Manuel, Ángela y Lázaro; a través de los hermanos conocemos el secreto del párroco y las razones de su comportamiento con los aldeanos. Aparecen referencias a la fe perdida de la infancia y a la concepción existencial de la vida. Hemos sabido, en fin, del evangelio de don Manuel y de la idea que éste tiene de la figura de Cristo.

que soñar. Y para un pueblo. Esas seis tablas que tallé con mis propias manos, las encontraréis al pie de mi cama.

Le dio un ahogo y, repuesto de él, prosiguió:

—Recordaréis que cuando rezábamos todos en uno, en unanimidad de sentido, hechos pueblo, el Credo, al llegar al final yo me callaba. Cuando los israelitas iban llegando al fin de su peregrinación por el desierto, el Señor les dijo a Aarón y a Moisés que por no haberle creído no meterían a su pueblo en la tierra prometida, y les hizo subir al monte de Hor, donde Moisés hizo desnudar a Aarón, que allí murió, y luego subió Moisés desde las llanuras de Moab al monte Nebo, a la cumbre del Fasga, enfrente de Jericó, y el Señor le mostró toda la tierra prometida a su pueblo, pero diciéndole a él: «¡No pasarás allá!» Y allí murió Moisés y nadie supo su sepultura. Y dejó por caudillo a Josué. Sé, tú, Lázaro, mi Josué, y si puedes detener al sol detènle y no te importe del progreso. Como Moisés, he conocido al Señor, nuestro supremo ensueño, cara a cara, y ya sabes que dice la Escritura que el que le ve la cara a Dios, que el que le ve al sueño los ojos de la cara con que nos mira, se muere sin remedio y para siempre.[76] Que no le vea, pues, la cara a Dios este nuestro pueblo mientras viva, que después de muerto ya no hay cuidado, pues no verá nada...[36]

—¡Padre, padre, padre! —volví a gemir.

Y él:

—Tú, Ángela, reza siempre, sigue rezando para que los pecadores todos sueñen hasta morir la resurrección de la carne y la vida perdurable...

Yo esperaba un «¿y quién sabe...?», cuando le dio otro ahogo a don Manuel.

---

[76] Éxodo, 33, 20: «mi rostro no lo puede ver, porque nadie puede verlo y quedar con vida».

〜〜

(36) Este es sin suda uno de los pasajes fundamentales de la novela. Don Manuel se compara con Moisés, con el caudillo que conduce la caravana y que muere sin entrar en la tierra de promisión. Según se nos ha dicho antes (p. 68), fue el pueblo quien condujo el cadáver del guía a donde él no pudo llegar. El significado de este pasaje se completa en el epílogo de Unamuno.

—Y ahora —añadió—, ahora, en la hora de mi muerte, es hora de que hagáis que se me lleve, en este mismo sillón, a la iglesia, para despedirme allí de mi pueblo que me espera.

Se le llevó a la iglesia y se le puso, en el sillón, en el presbiterio, al pie del altar. Tenía entre sus manos un crucifijo. Mi hermano y yo nos pusimos junto a él, pero fue Blasillo el bobo quien más se arrimó. Quería coger de la mano a Don Manuel, besársela. Y como algunos trataran de impedírselo, Don Manuel les reprendió diciéndoles:

—Dejadle que se me acerque.[77] Ven, Blasillo, dame la mano.

El bobo lloraba de alegría. Y luego Don Manuel dijo:

—Muy pocas palabras, hijos míos, pues apenas me siento con fuerzas sino para morir. Y nada nuevo tengo que deciros. Ya os lo dije todo. Vivid en paz y contentos y esperando que todos nos veamos un día, en la Valverde de Lucerna que hay allí, entre las estrellas de la noche que se reflejan en el lago, sobre la montaña. Y rezad, rezad a María Santísima, rezad a Nuestro Señor. Sed buenos, que esto basta. Perdonadme el mal que haya podido haceros sin quererlo y sin saberlo. Y ahora, después que os dé mi bendición, rezad todos a una el Padrenuestro, el Ave María, la Salve, y por último el Credo.

Luego, con el crucifijo que tenía en la mano dio la bendición al pueblo, llorando las mujeres y los niños y no pocos hombres, y en seguida empezaron las oraciones, que Don Manuel oía en silencio y cogido de la mano por Blasillo que al son del ruego se iba durmiendo. Primero el Padrenuestro con su «hágase tu voluntad así en la tierra como en el cielo», luego el Santa María con su «ruega por nosotros, pecadores, ahora y en la hora de nuestra muerte», a seguida la Salve con su «gimiendo y llorando en este valle de lágrimas», y por último el Credo. Y al llegar a la «resurrección de la carne y la vida perdurable», todo el pueblo sintió que su santo había entregado su alma a Dios. Y no hubo que cerrarle los ojos, porque se murió con ellos cerrados. Y al ir a despertar a Blasillo nos encontramos con que se había dormido en

---

[77] San Mateo, 19, 14: «Dejad a los niños y no les impidáis acercarse a mí.»

el Señor para siempre. Así que hubo luego que enterrar dos cuerpos.[37]

El pueblo todo se fue en seguida a la casa del santo a recoger reliquias, a repartirse retazos de sus vestiduras,[78] a llevarse lo que pudieran como reliquia y recuerdo del bendito mártir. Mi hermano guardó su breviario, entre cuyas hojas encontró, desecada y como en un herbario, una clavellina[79] pegada a un papel y en éste una cruz con una fecha.[80] ·

Nadie en el pueblo quiso creer en la muerte de Don Manuel; todos esperaban verle a diario, y acaso le veían, pasar a lo largo del lago y espejado en él o teniendo por fondo la montaña; todos seguían oyendo su voz, y todos acudían a su sepultura, en torno a la cual surgió todo un culto.[81] Las endemoniadas venían ahora a tocar la cruz de nogal, hecha también por sus manos y sacada del mismo árbol de donde sacó las seis tablas en que fue enterrado. Y los que menos queríamos creer que se hubiese muerto éramos mi hermano y yo.

Él, Lázaro, continuaba la tradición del santo y empezó a redactar lo que le había oído, notas de que me he servido para esta mi memoria.[38]

---

[78] San Mateo, 27, 35: «se dividieron sus vestidos echándolos a suertes». [79] *clavellina*: flor semejante al clavel, pero más pequeña que éste. [80] Algún crítico ha apuntado que la fecha recordaría el día en el que don Manuel perdió la fe. [81] Este pasaje hace pensar en el relato evangélico de la resurrección de Cristo.

<hr />

(37) Obsérvese cuán cuidadosamente prepara Unamuno la muerte de don Manuel: muere rodeado del pueblo, dando la mano a Blasillo, antes de que se recitase el párrafo del Credo en el que no creía pero que rezará el pueblo por él. Al mismo tiempo que don Manuel muere Blasillo, su antítesis, el símbolo de la fe inconsciente que aquél hubiera deseado tener.

(38) Nótese que buena parte de lo que sabemos acerca de la vida del párroco nos llega a través de un complicado sistema. Lázaro' escucha

—Él me hizo un hombre nuevo, un verdadero Lázaro, un resucitado —me decía—.[82] Él me dio fe.

—¿Fe? —le interrumpía yo.

—Sí, fe, fe en el consuelo de la vida, fe en el contento de la vida. Él me curó de mi progresismo. Porque hay, Ángela, dos clases de hombres peligrosos y nocivos: los que convencidos de la vida de ultratumba, de la resurrección de la carne, atormentan, como' inquisidores que son, a los demás para que, despreciando esta vida como transitoria, se ganen la otra, y los que no creyendo más que en este...

—Como acaso tú... —le decía yo.

—Y sí, y como Don Manuel. Pero que no creyendo más que en este mundo esperan no sé qué sociedad futura y se esfuerzan en negarle al pueblo el consuelo de creer en otro...

—De modo que...

—De modo que hay que hacer que vivan de la ilusión.

El pobre cura que llegó a sustituir a Don Manuel en el curato entró en Valverde de Lucerna abrumado por el recuerdo del santo y se entregó a mi hermano y a mí para que le guiásemos. No quería sino seguir las huellas del santo. Y mi hermano le decía: «Poca teología, ¿eh?, poca teología; religión, religión.» Y yo al oírselo me sonreía pensando si es que no era también teología lo nuestro.

Yo empecé entonces a temer por mi pobre hermano. Desde que se nos murió Don Manuel no cabía decir que viviese. Visitaba a diario su tumba y se pasaba horas muertas contemplando el lago. Sentía morriña de la paz verdadera.

—No mires tanto al lago —le decía yo.

---

[82] Es clara la alusión al episodio de la resurrección de Lázaro: San Juan 11, 1-45.

episodios de la vida de don Manuel (primera fuente de información) y las pone por escrito (segunda). Estas notas de Lázaro las utiliza Ángela para escribir las memorias que podemos leer nosotros, que conocemos las noticias una vez que han pasado por tres filtros.

—No, hermana, no temas. Es otro el lago que me llama; es otra la montaña. No puedo vivir sin él.

—¿Y el contento de vivir, Lázaro, el contento de vivir?

—Eso para otros pecadores, no para nosotros que le hemos visto la cara a Dios,[83] a quienes nos ha mirado con sus ojos el sueño de la vida.

—¿Qué, te preparas a ir a ver a Don Manuel?

—No, hermana, no; ahora y aquí en casa, entre nosotros solos, toda la verdad por amarga que sea, amarga como el mar a que van a parar las aguas de este dulce lago, toda la verdad para ti, que estás abroquelada[84] contra ella...

—¡No, no, Lázaro; esa no es la verdad!

—La mía, sí.

—La tuya, ¿pero y la de...?

—También la de él.

—¡Ahora, no, Lázaro; ahora no! Ahora cree otra cosa, ahora cree...

—Mira, Ángela, una de las veces en que al decirme Don Manuel que hay cosas que aunque se las diga uno a sí mismo debe callárselas a los demás, le repliqué que me decía eso por decírselas a él, esas mismas, a sí mismo, acabó confesándome que creía que más de uno de los más grandes santos, acaso el mayor, había muerto sin creer en la otra vida.[(39)]

—¿Es posible?

—¡Y tan posible! Y ahora, hermana, cuida que no sospechen siquiera aquí, en el pueblo, nuestro secreto...

—¿Sospecharlo? —le dije—. Si intentase, por locura, explicárselo, no lo entenderían. El pueblo no entiende de palabras; el pueblo no ha entendido más que vuestras obras. Querer exponerles eso sería como leer a unos niños de ocho años unas páginas de Santo Tomás de Aquino... en latín.

---

[83] Véase nota 76.   [84] *abroquelada*: que mantiene firme su postura, que se defiende, se protege ante algo con un escudo.

(39) Estas palabras iluminan las pronunciadas por don Manuel en p. 91. Véase **34.**

—Bueno, pues cuando yo me vaya, reza por mí y por él y por todos.

Y por fin le llegó también su hora. Una enfermedad que iba minando su robusta naturaleza pareció exacerbársele con la muerte de Don Manuel.

—No siento tanto tener que morir —me decía en sus últimos días—, como que conmigo se muere otro pedazo del alma de Don Manuel. Pero lo demás de él vivirá contigo. Hasta que un día hasta los muertos nos moriremos del todo.[85]

Cuando se hallaba agonizando entraron, como se acostumbra en nuestras aldeas, los del pueblo a verle agonizar, y encomendaban su alma a Don Manuel, a San Manuel Bueno, el mártir. Mi hermano no les dijo nada, no tenía ya nada que decirles; les dejaba dicho todo, todo lo que queda dicho. Era otra laña[86] más entre las dos Valverdes de Lucerna, la del fondo del lago y la que en su sobrehaz se mira; era ya uno de nuestros muertos de vida, uno también, a su modo, de nuestros santos.[(40)]

Quedé más que desolada, pero en mi pueblo y con mi pueblo. Y ahora, al haber perdido a mi San Manuel, al padre de mi alma, y a mi Lázaro, mi hermano aun más que carnal, espiritual, ahora es cuando me doy cuenta de que he envejecido y de cómo ha enveje-

---

[85] Se refiere a que los muertos continúan viviendo en el recuerdo de los vivos, hasta que, con la muerte de éstos, el recuerdo vaya esfumándose, perdiéndose poco a poco.   [86] *laña:* grapa con que se sujetan los trozos de un cacharro de barro o porcelana. Aquí, en sentido figurado, significa 'punto de unión'.

---

(40) En esta tercera parte hemos asistido a la muerte de don Manuel, de Blasillo y a la de Lázaro. Es importante fijarse en el paralelismo que se establece entre la muerte de Moisés y la de don Manuel, y en el interés de Unamuno en hacer coincidir la muerte de Blasillo con la del párroco. Se inician ahora dos epílogos; el primero es de Ángela y comprende las dos secuencias siguientes. El de Unamuno ocupa la última secuencia de la novela. Deben leerse con mucha atención.

cido. Pero ¿es que los he perdido?, ¿es que he envejecido?, ¿es que me acerco a mi muerte?

¡Hay que vivir! Y él me enseñó a vivir, él nos enseñó a vivir, a sentir la vida, a sentir el sentido de la vida, a sumergirnos en el alma de la montaña, en el alma del lago, en el alma del pueblo de la aldea, a perdernos en ellas para quedar en ellas. Él me enseñó con su vida a perderme en la vida del pueblo de mi aldea, y no sentía yo más pasar las horas, y los días y los años, que no sentía pasar el agua del lago. Me parecía como si mi vida hubiese de ser siempre igual. No me sentía envejecer. No vivía yo ya en mí, sino que vivía en mi pueblo y mi pueblo vivía en mí.[87] Yo quería decir lo que ellos, los míos, decían sin querer. Salía a la calle, que era la carretera, y como conocía a todos vivía en ellos y me olvidaba de mí,[41] mientras que en Madrid, donde estuve alguna vez con mi hermano, como a nadie conocía, sentíame en terrible soledad y torturada por tantos desconocidos.

Y ahora, al escribir esta memoria, esta confesión íntima de mi experiencia de la santidad ajena,[42] creo que Don Manuel Bueno, que mi San Manuel y que mi hermano Lázaro se murieron creyendo no creer lo que más nos interesa, pero sin creer creerlo, creyéndolo en una desolación activa y resignada.

Pero ¿por qué —me he preguntado muchas veces— no trató Don Manuel de convertir a mi hermano también con un engaño, con una mentira, fingiéndose creyente sin serlo? Y he comprendido que fue porque comprendió que no le engañaría, que para con él no le serviría el engaño, que sólo con la verdad, con su verdad, le convertiría; que no habría conseguido nada si hubiese pretendido

---

[87] En la epístola a los Gálatas (2, 20) de San Pablo leemos: «ya no vivo yo, es Cristo quien vive en mí».

(41) Ángela parece aquí un trasunto del Unamuno contemplativo. Cuando se hunde en el alma del pueblo, en la intrahistoria, parece que no transcurre el tiempo. Este pasaje puede interpretarse como una llamada a la inconsciencia para evitar el sufrimiento.

(42) Ángela señala claramente que no ha pretendido escribir una biografía objetiva, sino una confesión íntima de su experiencia de la santidad ajena.

representar para con él una comedia —tragedia más bien—, la que representaba para salvar al pueblo. Y así le ganó, en efecto, para su piadoso fraude; así le ganó con la verdad de muerte a la razón de vida. Y así me ganó a mí, que nunca dejé trasparentar a los otros su divino, su santísimo juego. Y es que creía y creo que Dios Nuestro Señor, por no sé qué sagrados y no escudriñaderos[88] designios, les hizo creerse incrédulos. Y que acaso en el acabamiento de su tránsito se les cayó la venda.[43] ¿Y yo, creo?[44]

Y al escribir esto ahora,[45] aquí, en mi vieja casa materna, a mis más que cincuenta años, cuando empiezan a blanquear con mi cabeza mis recuerdos, está nevando, nevando sobre el lago, nevando sobre la montaña, nevando sobre las memorias de mi padre, el forastero; de mi madre, de mi hermano Lázaro, de mi pueblo, de mi San Manuel, y también sobre la memoria del pobre Blasillo, de

---

[88] *no escudriñaderos:* que no pueden ser escudriñados; *escudriñar* significa examinar, inquirir.

(43) Estas frases recuerdan a lo que contesta don Manuel a un hombre que iba a suicidarse. Véase p. 70.

(44) En esta secuencia predomina el tono reflexivo sobre el narrativo. A ello obedece el cambio que se produce en el estilo, que se vuelve más retorcido. Repárese en las antítesis: «perdernos en ellas para quedarnos en ellas», «se murieron creyendo no creer lo que más nos interesa, pero sin creer creerlo, creyéndolo en una desolación activa y resignada» o en las últimas líneas. Finalmente señalemos que, con la pregunta de Ángela, «¿Y yo creo?», queda implícita otra: «Y tú, lector, ¿crees?».

(45) *Ahora:* desde el arranque mismo de la novela hasta esta secuencia la palabra *ahora* se repite varias veces (pp. 61, 64, 99, 100). Es una referencia temporal muy imprecisa: ¿cuándo es ahora? La novela no transcurre en un período histórico concreto o al menos éste no se descubre a través de ella. Este *ahora* puede referirse por tanto a ayer, a hoy o a mañana: es pura intrahistoria. Obsérvese además que frente al seguro «Ahora (...) quiero» del primer párrafo de la novela, Ángela ha ido perdiendo la seguridad en lo que narra: «Yo no sé lo que es verdad...» Al tiempo, Ángela parece participar de las dudas de don Manuel y Lázaro.

mi San Blasillo, y que él me ampare desde el cielo. Y esta nieve
borra esquinas y borra sombras, pues hasta de noche la nieve
alumbra. Y yo no sé lo que es verdad y lo que es mentira, ni lo que
vi y lo que sólo soñé —o mejor lo que soñé y lo que sólo vi—, ni lo
que supe ni lo que creí.[46] Ni sé si estoy traspasando a este papel,
tan blanco como la nieve, mi conciencia que en él se ha de quedar,
quedándome yo sin ella. ¿Para qué tenerla ya...?

¿Es que sé algo?, ¿es que creo algo? ¿Es que esto que estoy aquí
contando ha pasado y ha pasado tal y como lo cuento? ¿Es que
pueden pasar estas cosas? ¿Es que todo esto es más que un sueño
soñado dentro de otro sueño? ¿Seré yo, Ángela Carballino, hoy
cincuentona, la única persona que en esta aldea se ve acometida de
estos pensamientos extraños para los demás? ¿Y estos, los otros, los
que me rodean, creen? ¿Qué es eso de creer? Por lo menos viven.
Y ahora creen en San Manuel Bueno, mártir, que sin esperar
inmortalidad les mantuvo en la esperanza de ella.

Parece que el ilustrísimo señor obispo, el que ha promovido el
proceso de beatificación de nuestro santo de Valverde de Lucerna,
se propone escribir su vida, una especie de manual del perfecto
párroco, y recoge para ello toda clase de noticias. A mí me las ha
pedido con insistencia, ha tenido entrevistas conmigo, le he dado
toda clase de datos, pero me he callado siempre el secreto trágico
de Don Manuel y de mi hermano. Y es curioso que él no lo haya
sospechado. Y confío en que no llegue a su conocimiento todo lo
que en esta memoria dejo consignado.[47] Les temo a las autoridades de la tierra, a las autoridades temporales, aunque sean las de la
Iglesia.

Pero aquí queda esto, y sea de su suerte lo que fuere.

(**46**) Ángela duda de la veracidad de sus relatos y deja confuso al lector,
que se ve obligado a desconfiar también de lo que le ha sido contado. Estas
preguntas de la narradora (no debemos olvidar que es un personaje de
ficción) recuerdan las de Augusto, el protagonista de *Niebla*, que también
se pregunta por qué no es él un personaje real, y que acaba llevando esta
duda al propio Unamuno y al lector.

(**47**) Esta es una de las paradojas de la novela: ¿para qué escribe Ángela
sus memorias si no desea que lleguen a ningún destinatario? El impulso

¿Cómo vino a parar a mis manos este documento, esta memoria de Ángela Carballino?[48] He aquí algo, lector, algo que debo guardar en secreto. Te la doy tal y como a mí ha llegado, sin más que corregir pocas, muy pocas particularidades de redacción. ¿Que se parece mucho a otras cosas que yo he escrito? Esto nada prueba contra su objetividad, su originalidad. ¿Y sé yo, además, si no he creado fuera de mí seres reales y efectivos, de alma inmortalidad?[89] ¿Sé yo si aquel Augusto Pérez, el de mi novela *Niebla*, no tenía razón al pretender ser más real, más objetivo que yo mismo, que creía haberle inventado? De la realidad de este San Manuel Bueno, mártir, tal como me le ha revelado su discípula e hija espiritual Ángela Carballino, de esta realidad no se me ocurre dudar. Creo en ella más que creía el mismo santo; creo en ella más que creo en mi propia realidad.[49]

---

[89] *alma inmortalidad: alma* es aquí adjetivo; *almo, -a* es adjetivo poético que significa 'alimentador, vivificador'.

~~~~~~

para escribirlas parece que nace al calor de la intención del obispo de promover la beatificación del párroco de Valverde; sin embargo, el contenido de las páginas no parece que pueda contribuir precisamente a llevar a don Manuel a los altares. Piénsese además qué distinta será la biografía del párroco que se propone escribir el obispo.

(**48**) Al epílogo de Ángela sigue el de Unamuno, que es quien toma ahora la palabra. Finge que estas memorias le han llegado por un conducto que no especifica. Este procedimiento narrativo, que se conoce como técnica del «manuscrito encontrado», fue ya magistralmente empleado por Cervantes en el *Quijote*.

(**49**) La idea de que los personajes literarios son también de carne y hueso como los de la realidad arranca, si bien convenientemente matizada por Unamuno, de los primeros capítulos de la segunda parte del *Quijote*, y es un tema importante en Unamuno, que se refirió a él en muchas ocasiones: «Don Quijote es tan real como Cervantes; Hamlet o Macbeth tanto como Shakespeare, y mi Augusto Pérez tenía acaso sus razones al decirme, como me dijo (...) que tal vez no fuese yo un pretexto para que su historia y la de otros, incluso la mía misma, lleguen al mundo.»

Y ahora, antes de cerrar este epílogo, quiero recordarte, lector paciente, el versillo noveno de la Epístola del olvidado apóstol San Judas — ¡lo que hace un nombre!—, donde se nos dice cómo mi celestial patrono, San Miguel Arcángel —Miguel quiere decir «¿Quién cómo Dios?», y arcángel, archi-mensajero—, disputó con el Diablo —Diablo quiere decir acusador, fiscal— por el cuerpo de Moisés y no toleró que se lo llevase en juicio de maldición, sino que le dijo al Diablo: «El Señor te reprenda.»[90] Y el que quiera entender que entienda.[(50)]

Quiero también, ya que Ángela Carballino mezcló a su relato sus propios sentimientos, ni sé que otra cosa quepa, comentar yo aquí lo que ella dejó dicho de que si Don Manuel y su discípulo Lázaro hubiesen confesado al pueblo su estado de creencia, éste, el pueblo, no les habría entendido. Ni les habría creído, añado yo. Habrían creído a sus obras y no a sus palabras, porque las palabras no sirven para apoyar las obras, sino que las obras se bastan. Y para un pueblo como el de Valverde de Lucerna no hay más confesión que la conducta. Ni sabe el pueblo qué cosa es fe, ni acaso le importa mucho.

Bien sé que en lo que se cuenta en este relato, si se quiere novelesco —y la novela es la más íntima historia, la más verdadera, por lo que no me explico que haya quien se indigne de que se llame novela al Evangelio,[(51)] lo que es elevarle, en realidad, sobre un cronicón cualquiera—, bien sé que en lo que se cuenta en este

---

[90] El texto de San Judas dice: «El arcángel Miguel, cuando altercaba con el diablo disputándole el cuerpo de Moisés, no se atrevió a echarle una maldición, dijo solamente: Que el Señor te reprima.»

(50) El recuerdo de Moisés es capital en esta novela. La Biblia no acierta realmente a aclararnos dónde está su tumba. Según la tradición, el pueblo llevó el cuerpo de Moisés a la tierra prometida. En la obra apócrifa *La ascensión del Señor* se nos dice que un ángel de Dios no permitió a Satanás quedarse con el cuerpo del caudillo judío. Unamuno aprovecha, pues, la confusión que existe sobre la salvación de Moisés (si bien parece inclinarse por ella) para sugerir la salvación de don Manuel.

(51) Igual que el Evangelio es una novela, la novela que ha escrito Unamuno es un evangelio, el evangelio de San Manuel.

relato no pasa nada; mas espero que sea porque en ello todo se
queda, como se quedan los lagos y las montañas y las santas almas
sencillas [91] asentadas más allá de la fe y de la desesperación, que en
ellos, en los lagos y las montañas, fuera de la historia, en divina
novela, se cobijaron.[(52)]

Salamanca, noviembre de 1930.

---

[91] *Almas sencillas* es el título de un artículo de Unamuno publicado en 1933. Véase
el documento 1.1.

(52) Relaciónese el contenido de estas últimas líneas con todo lo que se
ha dicho sobre la intrahistoria y el Unamuno contemplativo.

Documentos y juicios críticos

1. Textos unamunianos relacionados con *San Manuel Bueno, mártir*

.1.   *En 1933, Unamuno escribió un artículo en el que comentaba algunas de las críticas que se hicieron a su novela, al tiempo que precisaba su significado. Debe leerse atentamente y señalar hasta qué punto no vierte aquí Unamuno opiniones que se contradicen con la novela.*

ALMAS SENCILLAS

> *O cerveaux enfantins!*
> Baudelaire, «Le voyage».

Con motivo de la publicación de mi reciente obra *San Manuel Bueno, mártir, y tres historias más*, y a propósito de la primera de estas cuatro historias, la de San Manuel Bueno, he podido darme cuenta otra vez más de la casi insuperable dificultad para las gentes de separar el juicio estético del juicio ético, la idealidad de la moralidad, y por otra parte, separar la ficción artística de la realidad natural. Y es que en rigor son cosas inseparables, si es que la ética es otra cosa que estética —o viceversa— y la realidad natural es otra cosa que ficción, el objeto otra cosa que ensueño del sujeto.

Por lo que hace a esto segundo, he de decir que cuando se publicó mi otra historia, la de *Nada menos que todo un hombre* —en mis *Tres novelas ejemplares y un prólogo*—, recibí, entre otras, una carta de una clase holandesa de español —la mayor parte alumnas, mujeres— preguntándome si Julia, la mujer de Alejandro Gómez, se entregó o no al Conde de Bordaviella. Cosa análoga me preguntó un grupo de obreros españoles. Y yo, encantado de haber podido dar tal aire de realidad natural a una íntima ficción espiritual, tal intimidad a un ensueño y con ello provocar una curiosidad psicológica, contesté que no había podido descubrir más de lo que narré. Yo, que he sostenido —y sigo sosteniendo— que no es el autor de una novela —así sea Cervantes— quien mejor conoce las intimidades de ella y que son nuestras criaturas las que se nos imponen y nos crean. Y en otra ocasión, al interpelarme un ingenuo, con ánimo pueril, por qué le había hecho decir a uno de mis personajes algo de lo que dijo, hube de replicarle: «eso pregúnteselo usted a él». Porque es triste achaque de ineducación estética el suponer que es el autor mismo quien habla por boca de sus criaturas y no a la inversa, que sus criaturas —mejor: sus creadores— hablan por boca de él. Error de que tenemos la culpa algunos autores por nuestros prólogos desconcertadores. Que nada desconcierta más al lector medio, sobre todo si es de alma sencilla —o sea, menor de edad mental, ¡y feliz él con esto!—, que el hundirle en la intuición de la identidad entre la realidad y la ficción, entre la vela y el sueño. Intuición que a muchos les lleva a una especie de desesperación más o menos resignada. Y ya estamos en el problema ético.

Uno de los críticos de mi *San Manuel Bueno, mártir*, en una crítica muy ponderada y simpática, decía que yo admiro a mi criatura «porque él, don Miguel —añade—, no ha tenido la abnegación de su San Manuel Bueno, evitando, con el recato de su íntima tragedia, el estrago que pueda producir en las almas sencillas su exposición despiadada». Lo que me recuerda que hallándome pasando una Semana Santa en un célebre monasterio castellano y estando reunido con unos monjes entró el prior —un francés granítico— y con tono agrio me vino a reconvenir por mi obra *Del sentimiento trágico de la vida*, diciéndome que lo que allí dije es cosa que debe callarse aunque se piense, y si es posible callárselo uno a sí mismo. A lo que le repliqué que ello quería decir que él, el monje prior, se lo había dicho muchas veces a sí mismo. Y así calé el secreto de su silencio y acaso su íntimo sentimiento trágico, su íntima tragedia.

¿El estrago que pueda producir en las almas sencillas la exposición despiadada de nuestra íntima tragedia? Ah, no; hay que despertar al durmiente que sueña el sueño que es la vida. Y no hay temor, si es alma sencilla, crédula, en la feliz minoría de edad mental, de que pierda el consuelo del engaño vital. Al final de mi susodicha historia digo que si don Manuel Bueno y su discípulo Lázaro hubiesen confesado al pueblo su estado de creencia —o mejor de no creencia—, el pueblo no les habría entendido ni creído, que no hay para un pueblo como el de Valverde de Lucerna más confesión que la conducta, «ni sabe el pueblo qué cosa es fe ni acaso le importa mucho». Y he de agregar algo más, que ya antes de ahora he dicho, y es que cuando por obra de caridad se le engaña a un pueblo, no importa que se le declare que se le está engañando, pues creerá en el engaño y no en la declaración. *Mundus vult decipi;* el mundo quiere ser engañado. Sin el engaño no viviría. ¿La vida misma no es acaso un engaño?

¿Pesimismo? Bien; ¿y qué? Sí; ya sabemos que el pesimismo es lo nefando. Como en más baja esfera eso que los retrasados mentales llaman derrotismo. ¡Se paga tan cara una conciencia clara! ¡Es tan doloroso mirar a la verdad! Terrible, sí, la angustia metafísica o religiosa, la congoja sobrenatural, pero preferible al limbo. Y hay algo más hondo aún y es lo que Baudelaire llamó «un oasis de horror en un desierto de hastío».

Baudelaire en Francia, Leopardi en Italia, Quental en Portugal... otros en otras tierras que han estado despertando a los durmientes y madurando a los espíritus infantiles. ¡Si fuera posible una comunidad de sólo niños, de almas sencillas, infantiles! ¡Felicidad? No, sino inconciencia. Pero aquí, en España, la inconciencia infantil del pueblo acaba por producirle mayor estrago que le produciría la íntima inquietud trágica. Quítesele su religión, su ensueño de limbo, esa religión que Lenin declaró que era el opio del pueblo, y se entregará a otro opio, al opio revolucionario de Lenin. Quítesele su fe —o lo que sea— en otra vida ultraterrena, en un paraíso celestial, y creerá en esta vida sueño, en un paraíso terrenal revolucionario, en el comunismo o en cualquier otra ilusión vital. Porque el pobre tiene que vivir. ¿Para qué? No le obligues a que se pregunte en serio para qué, porque entonces dejaría de vivir vida que merezca ser vivida. ¿Pesares de lujo? ¿Suntuarios?

Sí, será tal vez mejor que crea en esa grandísima vaciedad racionalista del Progreso. O en esa otra más grande aún vaciedad de la Vida, con letra mayúscula. O en otras tantas en que se abrevan y apacientan esos seres aparenciales que mariposean o escarabajean en la cosa pública, revolucionarios o reaccionarios. Algunos de pobre estofa, pero ricamente estofados. ¡Ay, santa soledad del querubín desengañado!

Muchas veces me he preguntado por qué nuestra palabra «desesperado» —en la forma *desperado*— pasó al inglés y otros idiomas, y en parte también la palabra «desdichado». Por desesperación se han llevado a cabo las más heroicas creaciones históricas; la desesperación ha creado las más increíbles creencias, los consuelos imposibles. Y en cuanto a recatar la íntima tragedia por el estrago que pueda producir en las almas sencillas... «la verdad os hará libres», dice la Sagrada Escritura.

Miguel de Unamuno: *Obras completas*, X, Madrid, Afrodisio Aguado, 1958, pp. 991-994.

1.2.   *La figura de Moisés interesó mucho a Unamuno. A continuación reproducimos parte de uno de los artículos («La soledad de Moisés») en los que glosa su misión de guía de un pueblo.*

A solas se vio Moisés con el Señor en el monte Horeb, a solas recibió de Él las Tablas de la Ley, a solas guió a su pueblo, a solas oyó el terrible susurro divino, y sobre todo a solas se murió. Murióse solo. El capítulo XXXIV del *Deuteronomio* empieza así: «Y subió Moisés de los campos de Moab al monte de Nebo, a la cumbre de Pisga, enfrente de Jericó; y mostróle Jehová toda la tierra de Galaad, hasta Dan, y a todo Neftalí y la tierra de Efraím y de Manasés, toda la tierra de Judá hasta la mar postrera; y la parte meridional y la campiña, la vega de Jericó, ciudad de las palmas, hasta Soar. Y díjole Jehová: Esta es la tierra de que juré a Abraham, a Isaac y a Jacob diciendo: A tu simiente la daré. Hétela hecho ver con tus ojos, mas no pasarás allende. Y murió allí Moisés, siervo de Jehová, en la tierra de Moab, conforme al dicho de Jehová. Y enterrólo en el valle, en tierra de Moab, enfrente de Betpeor, y ninguno supo su sepultura hasta hoy.»

Moisés el solitario de la cuna varada en el carrizal de la orilla del Nilo, el único profeta de Israel que vio al Señor cara a cara, murió solo, en la cumbre de Pisga, en el monte Nebo, frente a Jericó. Y estos nombres nos llegan aromados con el perfume del recuerdo de las flores del desierto.

¡La soledad de Moisés! ¡La soledad del conductor de almas! Iba al frente de su pueblo y no podía mirar hacia atrás, a su espalda, hacia su pueblo, y como delante de él no veía hombres, encontrábase solo, enteramente solo. Y en otro respecto, un sentimiento así, de soledad abismática, de soledad íntima, de soledad solitaria, debe invadir y penetrar a todo anciano que no descubra otro más anciano que él en un linaje y delante suyo. ¡Cosa terrible verse en la vanguardia del ejército que avanza a la muerte!

¡El niño y el anciano, el que no siente apenas a otros tras de sí y el que no los siente delante de sí, el que va a la retaguardia y el que va a la vanguardia deben de sentir un tremenda soledad, la soledad del pasado el uno, la soledad del porvenir el otro! Pero en Moisés a la soledad del anciano —dice la Biblia que murió de ciento veinte años— se agregaba otra más terrible soledad: la soledad del caudillo, la soledad del conductor del pueblo. Porque los conducidos le dejaban solo. Y sólo así podían ser conducidos por él. ¿Es, pues, de extrañar que pidiera, como nos dice Vigny,[1] dormir con el sueño de la tierra?

[1] Una cita de *Moisés*, del poeta francés Alfred de Vigny (1797-1863), encabeza este artículo de Unamuno.

¿Es posible acaso servir de guión, en uno u otro campo —o desierto— a los demás no yendo solo? Solo entre ellos, o tal vez solo al frente de ellos. Los grandes conductores de almas, los *psicagogos*, han sido los grandes solitarios.

Miguel de Unamuno: «La soledad de Moisés», en *OC*, IV, Madrid, Escelicer, 1968, pp. 1302-1303.

1.3. *Pocos días antes de la muerte de don Miguel, Nikos Kazantzaki acudió a visitarle. En la entrevista, don Miguel relacionó* San Manuel Bueno, mártir *con la dramática situación que vivía España en aquellos momentos.*

Se me hace entrar en una habitación larga, estrecha y desnuda. Pocos libros, dos grandes mesas, dos paisajes románticos en las paredes; grandes ventanas, luz abundante. Un libro inglés se halla abierto en el escritorio. Oigo, procedentes del fondo del corredor, los pasos de Unamuno, que se aproxima. Un paso cansado, arrastrado, un paso de anciano. ¿En dónde están, pues, las grandes pisadas, la juvenil agilidad de su paso que admiré en Madrid hace apenas algunos años? Cuando la puerta se abre veo a un Unamuno súbitamente envejecido, literalmente hundido y ya encorvado por la edad. Pero su mirada sigue brillante, vigilante, móvil y violenta como la de un torero. No tengo tiempo de abrir la boca cuando él ya se arroja en la plaza:

—Estoy desesperado —exclama cerrando los puños—. ¿Usted piensa sin duda que los españoles luchan y se matan, queman las iglesias o dicen misas, agitan la bandera roja o el estandarte de Cristo porque creen en algo? ¿Que la mitad cree en la religión de Cristo y la otra mitad en la de Lenin? ¡No! ¡No! Escuche bien, ponga atención en lo que voy a decirle. Todo esto sucede porque los españoles no creen en nada. ¡En nada! ¡En nada! Están *desesperados*. Ningún otro idioma del mundo posee esta palabra. El *desesperado* es el que ha perdido toda esperanza, el que ya no cree en nada y que, privado de la fe, es presa de la rabia.

Unamuno se calla un momento y mira por la ventana. [. . .]

En ese momento consigo deslizar una pregunta:

—¿Qué deben hacer los que todavía aman al espíritu?

Unamuno, cosa extraña, me ha oído. Se calla durante unos segundos y estalla de nuevo:

—¡Nada! —exclama—. ¡Nada! El rostro de la verdad es temible. ¿Cuál es nuestro deber? Ocultar la verdad al pueblo. El Antiguo Testamento dice: «El que mire a Dios a la cara, morirá.» El mismo Moisés no pudo mirarlo a la cara. Lo vio por detrás, y solamente un faldón de su vestido. Así es la vida. Engañar, engañar al pueblo para que el miserable tenga la fuerza y el gusto de vivir. Si supiera la verdad, ya no podría, ya no querría vivir. El pueblo tiene necesidad de mitos, de ilusiones; el pueblo tiene necesidad de ser engañado. Esto es lo que lo sostiene en la vida. Justamente acabo de escribir un libro sobre este asunto. Es el último.

Está sobreexcitado, sus venas se llenan de sangre, sus mejillas se tiñen de púrpura, su busto se endereza. Se diría que rejuvenece.

De un salto se aproxima a la biblioteca, coge un libro, escribe apresuradamente algo en la guarda y me lo tiende:

—Tome. Léalo y verá. Mi héroe (se trata del mártir San Manuel Bueno) ha dejado de creer. No obstante, continúa luchando para comunicar al pueblo la fe que él no tiene, ya que sabe que sin la fe, sin la esperanza, el pueblo no tiene la fuerza de vivir.

Lanza una carcajada sarcástica, desesperada:

—Hace cerca de cincuenta años que no me he confesado, pero he confesado a sacerdotes, a frailes, a religiosas... Los clericales a los que gusta la buena mesa y el vino, o que atesoran, no me interesan. Aquellos a los que les gustan las mujeres, me conmueven porque sufren. Y aún iré más lejos: aquellos que han dejado de creer me interesan más porque el drama de esos hombres es atroz. Así es el héroe de mi libro: San Manuel Bueno. ¡Mire!

Unamuno hojea el libro con gran nerviosismo. Encuentra esta frase: «La verdad es algo terrible, insoportable, mortal. Si se le levanta el velo, el pueblo ya no podrá continuar viviendo. Y el pueblo tiene que vivir, vivir, vivir...»

> Kazantzaki, Nikos: *Del monte Sinaí a la isla de Venus, Obras Selectas,* II, Barcelona, 1974, pp. 1148-1151.

2. La crítica ante *San Manuel Bueno, mártir*

2.1.   *Poco después de aparecer la primera edición de* San Manuel Bueno, mártir, *Gregorio Marañón publicó en el periódico* El Sol *un artículo en el que señalaba ya algunas claves de la novela.*

Personajes, lo que se dice personajes de carne y hueso, ninguno. Almas, cuatro: un cura, una muchacha, un hombre y un idiota. Almas que pasan sin vestimenta humana. No nos dice el autor si sus cuerpos eran altos o bajos, fuertes o débiles. Pueden ser como se quiera. Apenas nos dice tampoco el sexo, porque en esta ficción de Unamuno, como en casi todas las suyas, las personas no son hombres y mujeres, sino padres e hijos; y es ésta una de las características de su obra. A menudo llama maternal al alma de un hombre, o pone un corazón de madre y de padre en una mujer casta e incapaz para el tráfago sexual, como en aquella admirable novela suya —novela precursora— que se llama *La Tía Tula*. [...] La tragedia de las cuatro almas de la novela de Unamuno es ya antigua en la preocupación del autor. Brota a intervalos como algo que nace en las fuentes de su propia alma. Hace pensar que hay en ella médula del alma suya. Un sacerdote que enseña a creer a todo un pueblo, que hubiera hecho creer a todo el mundo; y que, sin embargo, no cree, o no sabe si cree; o no sabe si lo que cree es o no fe. Terrible tragedia de las almas elegidas de Dios; de las que más se parecen a Él. Acaso la tragedia que salía de los labios agonizantes de Cristo cuando clamó a su Padre: «¿Por qué me has abandonado?» ¿Qué le faltaba en el trance supremo al hijo de Dios? ¿La vida o la Fe? Tal vez la fe absoluta; tal vez la suya estaba atormentada por las espinas y las lanzadas de la inquietud, que atenaza el alma de los hombres elegidos. Pero que, sin embargo, son elegidos, por la voluntad de Dios, para salvarse con su fe claudicante y dolorosa, como los pobres de espíritu se salvan con la suya, llana y apacible.

Pero la tragedia de estas almas, tan antigua como el mundo, no alcanzaría su humano patetismo si muriera, como tantas veces ha muerto, encerrada en el secreto de nuestra existencia. Tampoco sería argumento trágico si fuera pública, como lo fue en Renán.[1] Su emoción más honda está en dejarse sólo entrever como a trasluz de las mallas apretadas de una celosía. Hay, en efecto, dos personas —Ángela y Lázaro— que saben el secreto del creyente que se cree sin fe; y como tienen que callarlo son, a la vez, depositarios del secreto y creyentes, como los demás feligreses, en la fe de su pastor. En realidad la tragedia está en ellos y no en el protagonista; y acaso sean ellos los verdaderos protagonistas. Y acaso también nos echan a pensar que en el pueblo aquél —que es como el mundo— haya otros muchos hombres y mujeres que arrastran una tragedia más profunda todavía que la del hombre que no sabe si cree o la de aquellos que saben que no cree su pastor y tienen, sin embargo, que creer en la fe; y es la tragedia de los que no saben, pero sospechan que la fe de su pastor está llena de dudas; dudas de la duda, ni siquiera de la fe; las más punzantes.

Porque, ¿sabemos qué es creer? —dice Unamuno— (y le sentimos

---

[1] Escritor francés (1823-1892), autor de la *Vida de Jesús*. Renunció al sacerdocio en 1845.

sollozar). No; no lo sabe nadie. ¿Sabríamos qué era dormir sin soñar, que es dudar de que se duerme? ¿Sabríamos lo que era la fe si no dudásemos de la fe misma? ¿No tuvo Sócrates que sentir el dolor de los grilletes en las piernas para saber lo que era la felicidad de tenerlas libres?

Los que sabían las dudas del santo, creen, desde luego, que en el último momento de su vida, cuando ya no podía decir más sus sueños y sus luchas, ni con equívocas parábolas, ni con palabras rectas, ni con un gesto de los labios cárdenos, creen que entonces dejó de dudar, creyó plenamente y se salvó.

[...] Hay que saber si el alma selecta se salvó, como creen los simples de corazón, porque supo creer sin dudas, en el último instante; o precisamente, porque creyó con la fe verdadera que, sin saberlo él mismo, era la suya y no la de los otros; la erizada de las púas de la preocupación, la que no fue un manto protector y un descanso, sino un cilicio en torno del alma y un aguijón para no descansar hasta morir. La fe del heterodoxo, que se sentará también junto al Padre.

Gregorio Marañón: *El Sol*, 3-XII-1931.

2.2.   *En 1935, Ilia Ehremburg escribió un ensayo en el que criticó el desinterés de Unamuno hacia las privaciones materiales de los más necesitados y su dedicación a una literatura y una actividad políticas poco comprometidas (véase, sin embargo lo que señaló Unamuno al principio del prólogo a la novela sobre la situación de los ribereños del lago).*

Recuerdo muy bien un lago que se encuentra muy cerca de Sanabria, y que lleva este mismo nombre. En uno de mis libros he relatado el destino de dos aldeas situadas sobre el borde de ese lago pintoresco. Allí los aldeanos pagan a una especie de pillo un diezmo completamente medieval, «el foro», y sólo tienen el derecho de contemplar el lago, poblado de peces. El lago pertenece a una rica dama de Madrid. He visto en esas aldeas a gentes cuyos rostros llevaban impresas las huellas de largos años de hambre. Los niños de pecho lloraban y gritaban porque los senos de sus madres estaban secos y no podían nutrirles. En un pequeño albergue de las orillas del lago se me mostró un cuaderno, donde D. Miguel de Unamuno había escrito largos versos que describen la belleza de Sanabria. Y él había visto ciertamente esas mujeres y esos niños, pero como es un poeta no hace más que escribir versos sobre la belleza y los paisajes. Los antiguos afirmaban que sobre los campos de batalla las musas se quedan silenciosas. Mas nosotros mismos, que hemos defendido más de una vez en nuestro país el derecho a la contemplación, tenemos probado que las musas saben hablar a la misma altura de los fusiles y de los intervencionistas, en las habitaciones heladas y en las chozas sin luz y sin pan. Las musas, como todas las criaturas, así fuesen de «esencia divina», no pueden ser, pues, neutrales. El caso de Unamuno es una confirmación más. Ha comenzado por escribir versos sobre la belleza de un lago. Pocos años más tarde escribía un artículo de periódico donde afirmaba que en España no se sufría hambre. Cesó entonces de ser un poeta y se enganchó como soldado en ese campo donde están el pillo que recibe «el foro» y la feliz propietaria del precioso lago.

I. Ehremburg: «Miguel de Unamuno y la tierra de nadie», en Armando Bazán, *Unamuno y el marxismo*, Madrid, 1935, pp. 23-25.

3. *En 1943 apareció la primera edición del ensayo que dedicó Julián Marías a la figura de Unamuno. A las páginas en que se ocupa de* San Manuel Bueno, mártir *pertenece el siguiente fragmento:*

Unamuno advierte [...] que el problema que alienta en esta novela suya, como en las demás, es «el pavoroso problema de la personalidad, si uno es lo que es y seguirá siendo lo que es». Pero lo nuevo en este libro es que se decide a afrontar directamente en la novela ese problema de la personalidad en la dimensión en que más vivamente lo atosigaba: la inmortalidad personal, el saber si moriremos del todo o no. Don Manuel, el párroco de Valverde de Lucerna, el «varón matriarcal», lleno de caridad y de bondad, está atormentado por la angustia de la perduración, por su querer creer y no poder en la vida perdurable. La muerte y la necesidad de pervivir se ciernen sobre todo el relato, y eso lo sitúa de lleno, desde el comienzo, en la autenticidad del vivir, aunque éste es el de todos los días, en una exigua aldea, junto al lago de San Martín de Castañeda, en Sanabria. Por eso dice Unamuno de esta novela: «tengo la conciencia de haber puesto en ella todo mi sentimiento trágico de la vida cotidiana». Ya veremos el alcance de estas dos expresiones juntas: *sentimiento trágico y vida cotidiana.* [...]

El personaje central de la obra es don Manuel, un sacerdote; y, en modo alguno es accidental este sacerdocio, sino que la novela recibe su sentido de ello, de la función sacerdotal del protagonista respecto de su pueblo, personaje colectivo y anónimo o, si se quiere, de mil nombres ignorados; porque don Manuel es un sacerdote cristiano, y para el cristiano —en cuanto tal— no hay masas o multitudes, sino sólo *prójimos*, personas insustituibles, cada una con su nombre, aunque no se sepa, porque al menos lo sabe Dios. Y el relato no está puesto en boca de don Manuel, ni tampoco directamente en la del autor, sino en labios de una muchacha, Ángela Carballino, que va envejeciendo a lo largo de él. De este modo el protagonista está visto desde fuera de sí mismo, como un prójimo también, pero desde dentro de la novela, desde dentro del mundo de ficción novelesca en que vive. Y hay un círculo de personas en cuanto tales —don Manuel, Ángela y su hermano Lázaro— con una relación estrictamente interindividual, y luego la vida cotidiana del pueblo entero, que los rodea como el murmullo indistinto del mar, y para la cual viven los tres. Y de este *cuidado* por el alma infantil del pueblo silencioso, que hace presa en las tres personalidades vigilantes y angustiadas, nace ese sentimiento trágico de lo cotidiano antes aludido. [...]

Don Manuel vive acongojado por la muerte: no precisamente por el temor a la muerte, sino por sentir que si no se espera en la otra vida, ésta es insufrible. «He asistido a bien morir —dice— a pobres aldeanos, ignorantes, analfabetos que apenas si habían salido de la aldea, y he podido saber de sus labios, y cuando no adivinarlo, la verdadera causa de su enfermedad de muerte, y he podido mirar, allá a la cabecera de su lecho de muerte, toda la negrura de la sima del tedio de vivir. ¡Mil veces peor que el hambre!» Y al frente del libro pone las palabras de San Pablo a los corintios: «Si sólo en esta vida esperamos en Cristo, somos los más miserables de los hombres todos.» Don Manuel tiene una secreta angustia, que cela cuidadosamente a su pueblo, y para aliviarse de ella tiene que confesarla a Ángela y a Lázaro: la angustia por la vida perdurable, cuya fe se le escapa. Sin esa fe, la vida es intolerable, mortal, y él se cuida de mantenerla viva en su pueblo, para que se crea siempre inmortal y así pueda vivir. Cuando Ángela va a confesarse, le plantea la cuestión:

«Me atreví, y toda temblorosa le dije:
—Pero usted, padre, ¿cree usted?
Vaciló un momento, y reponiéndose me dijo:
—¡Creo!
—¿Pero en qué, padre, en qué? ¿Cree usted en la otra vida?, ¿cree usted que al morir no nos morimos del todo?, ¿cree que volveremos a vernos, a querernos en otro mundo venidero?, ¿cree en la otra vida?
El pobre santo sollozaba.
—¡Mira, hija, dejemos eso!»

Y ésta es la raíz de la comunidad de don Manuel con su pueblo; una raíz de caridad, porque él vela con más celo que nadie para que no pierdan la fe en la otra vida, y con ella el contento de vivir; y al mismo tiempo, por caridad también —la caridad bien entendida *empieza*, en efecto, por uno mismo, aunque no acaba allí—, trata de salvarse en esa unión con su pueblo, de salvar su fe en la de todos juntos. Todo el pueblo, congregado en la iglesia, recitaba, con una sola voz, el Credo. «Y al llegar a lo de "creo en la resurrección de la carne y la vida perdurable" la voz de don Manuel se zambullía, como en un lago, en la del pueblo todo, y era que él se callaba. Y yo oía las campanadas de la villa que se dice aquí que está sumergida en el lecho del lago... y eran las de la villa sumergida en el lago espiritual de nuestro pueblo; oía la voz de nuestros muertos, que en nosotros resucitaban en la comunión de los santos. Después, al llegar a conocer el secreto de nuestro santo, he comprendido que era como si una caravana en marcha por el desierto, desfallecido el caudillo al acercarse al término de su carrera, le tomaran en hombros los suyos para meter su cuerpo sin vida en la tierra de promisión.»

Don Manuel intenta, congojosamente, que los demás, sus hermanos, crean por él cuando no puede, que lo ayuden a creer aquellos a quienes él ha corroborado en su fe. Busca salvar su personalidad en la de su pueblo, creer con todos ellos, ya que solo no puede. Y cuando va a morir, cuando siente que su hora ha llegado, después de una íntima conversación con Lázaro —que lo sigue en su congoja y en su cuidado por el pueblo— y con Ángela —que sigue creyendo con fe viva—, se hace llevar a la iglesia para rezar con todos los suyos y bendecirlos. «Y al llegar a la "resurrección de la carne y la vida perdurable", todo el pueblo sintió que su santo había entregado su alma a Dios. Y no hubo que cerrarle los ojos, porque se murió con los ojos cerrados.»

Julián Marías: *Miguel de Unamuno*, Madrid, Espasa Calpe, 1976 (Selecciones Austral, núm. 18), pp. 147-150.

2.4. *La intrahistoria en la que transcurre la novela no es sólo un marco conceptual sino que explica el uso importante del pretérito imperfecto y la imprecisa referencia a un* ahora *en el que se desarrolla la trama:*

Casi desde el principio del relato, en cuanto Ángela Carballino empieza a describirnos cómo solían ser la vida de Valverde de Lucerna y la de don Manuel en su relación constante, domina, monótono y obsesionante, el imperfecto. Leemos, por ejemplo, que la población de Valverde de Lucerna *solía* acudir al lago las noches de San Juan, *acudía* a misa, *cantaba* a coro, o que «los más» de los habitantes «no *querían* morirse» sino cogidos de la mano de don Manuel; el cual, por su parte, «*trabajaba* manualmente», «*solía* hacer las pelotas para que jugaran los mozos», *se interesaba* en los embarazos, «*solía* acompañar al médico en su visita»..., *hacía*..., *decía*...

No olvidamos, desde luego, que es el imperfecto el tiempo obligado para la descripción de acciones pasadas que, frente a los hechos narrados en el pretérito, sirven como fondo de actividad continua. Pero importa notar que, correspondiendo al uso general, como inevitablemente debe ser en español, es indispensable el empleo del imperfecto para la creación del mundo de la «memoria» de Ángela Carballino: gracias al imperfecto nos adentramos imaginariamente en la continuidad invariable de un modo de vida «eterno» o intrahistórico, a la vez que —por las razones que indicaba Proust en su estudio sobre el estilo de Flaubert— la realidad de lo narrado se nos mantiene a una distancia imprecisa en que se difuminan los perfiles específicos de toda acción. Así, percibimos las acciones de don Manuel y de sus hijos espirituales como lo cotidiano, lo de *siempre* sin *ahora* específico; modo de vida en que no tiene nunca lugar la sorpresa, lo extraordinario más o menos significativo. Porque lo extraordinario es *lo histórico*, lo claramente marcado en el tiempo.

Esta manera de presentar la vida de un hombre y de un pueblo como *repetición* de dichos y hechos recordados siempre sin cambios en la memoria de otros, viene subrayada en la estructura de la novela por el hecho de que la imagen de don Manuel y de su pueblo aparecen resumidas en breves páginas. Sus actividades, gestos y palabras resultan tener así un carácter anecdótico, «ejemplar». En la memoria de la narradora para quien, como veremos, todos los momentos del tiempo son un solo tiempo indefinido, las palabras y hechos que recuerda podrían sustituirse fácilmente por otros cualesquiera, igualmente ejemplares.

De aquí el laconismo con que se nos presentan, en ocho o diez páginas, que cubren muchos años, algunos de los «hechos y dichos» que, por más que pudieran quizá asombrarnos en otros hombres, parecen ser lo cotidiano, la costumbre, para don Manuel y los habitantes de Valverde de Lucerna. Ningún hecho específico recordado aquí en pretérito ocupa más de media página; es decir, *por extraordinario que uno cualquiera de esos hechos o palabras pueda parecernos a nosotros, si nos alejamos por un momento de la visión del mundo de Ángela Carballino, acaba siempre por hundirse, con toda naturalidad, en la rutina monótona de lo acostumbrado, en el fluir sin tiempo fijo y sin conciencia de la «intrahistoria».* Por algo, al comentar este «documento», dice Unamuno que bien sabe que en él «no pasa nada». Cuando más adelante en la memoria de Ángela Carballino —y seguiremos sin tener noción exacta del tiempo en que todo ocurre— se nos hable de la inusitada *agonía* de don

Manuel, nos resultará difícil sacudirnos esta sensación de lejanía, de irrealidad, de vida inconsciente, para entender el dolor de la conciencia del párroco.

> C. Blanco Aguinaga: «Sobre la complejidad de *San Manuel Bueno, mártir*, novela», en A. Sánchez Barbudo (ed.), *Miguel de Unamuno*, Madrid, Taurus, 1980, pp. 285-187.

2.5.   *El autor del trabajo que acabamos de citar demuestra más adelante (pp. 289-291) que bajo la aparente sencillez de la novela se esconde una complejidad notable. Estas páginas revelan algunos de los procedimientos empleados por Unamuno.*

Importa mucho distinguir entre lo que aquí se nos cuenta y cómo nos es contado. Tal distinción, cosa común en el estudio crítico de cualquier obra literaria, gracias a la cual entendemos cómo fondo y forma son una sola realidad, la forma misma, suele pasarse por alto al estudiar las obras de Unamuno: atraídos los lectores de Unamuno por lo que don Miguel dice, suelen prestar poca atención a sus formas expresivas. Aquí, sin embargo, vale la pena prestar especial atención a la forma —*toda* nuestra atención. Porque, si nos fijamos bien, resulta que la confesión que don Manuel *le hizo* a Lázaro de su agonía no nos llega en la reproducción directa de un diálogo *presente* entre los dos, sino en una confesión de Lázaro a Ángela cuando Lázaro, movido de su honradez, se ve obligado a explicar cómo y por qué su conversión ha sido un engaño. Diálogo recordado dentro del recuerdo de otro diálogo. Con lo que resulta que no eran tres, como equivocadamente creíamos, los personajes que ocupan la escena en la «memoria» de Ángela Carballino, sino apenas dos, Ángela y Lázaro, mientras que don Manuel, por la magia de la transparencia de este estilo indirecto, parece alejarse de nuevo de nosotros hacia la niebla donde le hallamos en las primeras páginas de la novela y de la cual sólo había salido para vivir en el interior de los otros dos personajes —que a su vez, como veremos, acabarán también por borrarse en un sueño sin tiempo. Y así, según empezamos a darnos cuenta de que la extraña sensación de irrealidad, de distancia, que nos producen estas páginas claves de la novela se debe a que, incluso en este momento revelatorio, no hemos visto directamente, en un tiempo fijo, a don Manuel, vuelve a dominar la narración el imperfecto dentro de un diálogo en el que se retransmiten, como reflejos, *fragmentos típicos* de aquel otro diálogo entre don Manuel y Lázaro al que *no* habíamos asistido.

Y entre fragmento y fragmento de este recuerdo del recuerdo de un diálogo, «iba corriendo el tiempo», dice Ángela Carballino. No sabríamos precisar cuánto tiempo; como veremos, tampoco podrá precisarlo la narradora. Es el caso que, en conversaciones cotidianas sobre la tragedia de don Manuel —convertida ya, paradójicamente, en costumbre para Ángela y Lázaro— va llegando la hora de la muerte del buen párroco. Todavía poco antes de morir, y ahora en una conversación directa que sostiene don Manuel con Ángela, vuelve a surgir, contra el fondo comunal, su problema siempre idéntico a sí mismo. En seguida, bruscamente, termina su historia. Y queda entonces su presencia en Valverde de Lucerna como memoria: «todos seguían oyendo su voz», se nos dice.

Pero ¿qué voz suya sigue oyendo el lector que apenas le ha oído hablar? ¿La que se nos ha dicho que su pueblo escuchaba, día con día, hasta en sus silencios de la misa, la del engaño? ¿O la privada, la que oyeron alguna vez Lázaro y Ángela, la de su verdad? ¿Podemos acaso hablar de verdad y engaño? Porque en la imagen del don Manuel que perdura en la memoria inconsciente de su pueblo, todo su engaño es la verdad por la que vive, y aunque para Ángela Carballino esta verdad tenga otra faceta en la cual resulta ser engaño, su «memoria», como si dudase de la tragedia que recuerda, en ningún momento ha logrado separar a don Manuel del pueblo en que vivía. Para el lector, que unas veces ve a don Manuel por fuera —como el pueblo— y otras por dentro —como don Manuel *dice* que es—; que, como la narradora misma ante la historia de que es personaje, no ha logrado la objetividad absoluta que permitiría el conocimiento único; para el lector que no puede guiarse más que por la estructura y el estilo de esta «memoria» o documento —por la situación ambigua de Ángela, por la ambigüedad de los nombres—, don Manuel parece vivir entre dos mundos igualmente verdaderos o irreales, y su muerte viene a ser un devolverle a la niebla en que creímos verle al principio, en aquel *ahora* tan paradójicamente impreciso. Desde el principio, eco de un eco, difuso reflejo de vida en otras vidas. Ante la paradoja central de su vivir, ante su *agonía silenciosa*, justo es, pues, que nos preguntemos no sólo cuál es la verdad de don Manuel, sino ¿quién es don Manuel?, ¿cuál es el *nuestro?*

2.6.   *El profesor Blanco Aguinaga ha puesto de relieve en su libro* El Unamuno contemplativo *la especial importancia del lago en la obra de don Miguel. Por un lado el lago es ansia de quietud y de paz eterna, «pérdida de su yo en lo eterno inmutable».* En San Manuel Bueno, mártir *este deseo unamuniano toma un sesgo más negativo.*

En el extremo más negativo, el *lago* viene a ser el símbolo de la Nada quieta: se encuentra un buen ejemplo también en el *Cancionero*[1] y, desde luego — ¡qué lector no lo habrá pensado ya!— en *San Manuel Bueno*, la obra en que el Unamuno no agonista se nos aparece más claro en su falta de fe. Es el lago de Sanabria en esta novela el símbolo de lo que queda «más allá de la fe y la desesperación», mundo en el que «no pasa nada»: la atracción que por él siente don Manuel es una con su tendencia a dejarse perder en lo ajeno a sí, e, incluso, con su tendencia al suicidio. Ahora bien, no olvidemos que en esta novela de complejísimo significado, el mismo lago que para don Manuel simboliza la Nada es la Eternidad viva para el pueblo de su parroquia que *sí* cree en la existencia de Dios y en la fusión última y perfecta de todos los elementos de la realidad. Pero, positivo o negativo, el sentido simbólico del lago lleva siempre a Unamuno «más allá de la desesperación», es decir, a un modo de sentir y expresar la vida por completo ajeno a la agonía, y a los gritos y violencias con que la agonía suele expresarse.

C. Blanco Aguinaga: *El Unamuno contemplativo*, Barcelona, Laia, 1975, pp. 316-318. Se ha prescindido de las notas a pie de página.

2.7. *El profesor Ricardo Gullón ha escrito unas páginas muy inteligentes sobre* San Manuel Bueno, mártir. *Véase cómo explica el papel que desempeña Ángela en la novela:*

Después del protagonista el narrador reclama la atención del crítico. Narrador que es narradora, Ángela Carballino, ferviente admiradora (y el adjetivo dice la extensión e intención del modo afectivo que le vincula al santo) de Don Manuel y puntual cronista suyo. Desempeña diversas funciones y de ahí la complejidad de su figura: siete son, por lo menos, esas funciones, entrecruzadas en la acción dramática, pero separables en el análisis. Ángela es narradora, mensajera, confesante, confesora, testigo, ayudante e hija-madre del protagonista. Narrador-testigo, narrador-personaje con peculiaridades muy interesantes.

Desde el primer párrafo de la novela, constan el nombre y la función narrativa de Ángela Carballino: «quiero dejar aquí consignado, a modo de confesión, y sólo Dios sabe, que no yo, con qué destino, todo lo que sé y

---

[1] Se refiere a uno de los poemas reproducidos en el prólogo a *San Manuel Bueno, mártir*: «San Martín de Castañeda / espejo de soledades / el lago recoge edades / (...).»

recuerdo de aquel varón matriarcal...». Leeremos, pues, cuanto quien escribe sepa y recuerde de este Don Manuel, ya aquí calificado de santo. Puede anticiparse así una convicción surgida en un narrador constituido como parcialidad, no tanto excluyente de otras como reducida por el propósito confesional a proyectar en el texto lo que el sentimiento considera como estricta verdad. Refiere lo visto y oído —función testimonial—, pero también lo sentido, incorporándolo al testimonio y como parte de él. Siendo la única fuente de información, se interpone necesariamente entre los hechos y el lector, imponiéndole la tarea de despejar la bruma sentimental para descubrir la clave de la personalidad protagonista.

No omnisciente, sino limitada a lo aprendido sobre Don Manuel, su limitación sería garantía de fidelidad, si el espejo no estuviera turbio de amor. Y si la voz narrativa se dirige siempre a un lector, a éste, al oyente incumbe el empeño discriminante de separar el puro relato «objetivo» de su dramatización. Si, en general, el narrador deja ver más nítidamente su persona cuando pasa de lo concreto a lo abstracto, de la visión a la idea, Ángela, poco interesada en sí misma, soslaya las generalizaciones, ateniéndose a la rememoración de circunstancias y dichos. Por eso induce a confiar en su palabra.

Señalada, antes y ahora, la unidad de perspectiva, recordaré, de paso, la unidad tonal: Ángela habla desde el principio al fin en un tono que tanto se ajusta a las situaciones como las constituye el modo —en la forma— que el lector las enfrenta; oímos su voz, aun si en lo dicho —en lo escrito— se intercalan otras, incluida la de Don Manuel, citado textualmente. Siendo ella enlace único entre lector e incidente novelado, su posición en la estructura es excepcional, por fronteriza: habla *de* los personajes *en* la novela y desde ella, pero *a* un lector situado, fuera, al otro lado de la página.

La función testimonial queda registrada en lo ya dicho. Haré un par de observaciones más: sobre testigo, Ángela Carballino es partícipe en la acción —en seguida notaremos la importancia de su participación— y tal participación atenúa, o al menos matiza la neutralidad en principio atribuible a narradores de su clase. En cuanto testigo se conforma necesariamente a los azares de tal actividad: puede no ver o no recordar con precisión; falible, como cada quien, e influenciable, no tanto desde el exterior, por otros, por el reflujo de su propia pasión.

Ángela, mensajera de Dios. Su función como tal se bifurca: en una dirección es mensajera entre Dios y Don Manuel, su siervo y, en la medida indicada, su representante y hasta su equivalente; en otro sentido, mensajera entre Don Manuel y el lector, transmisora —e intérprete— del mensaje en la rememoración del comportamiento. Si Manuel participa de la naturaleza de Emmanuel, quien recoge y comunica su pasión y muerte es bueno figure con nombre angélico, de simbólica resonancia.

Partícipe de esa manera y por esa función, lo es a la vez de otros modos, no menos significantes. Por razones de espacio conviene englobar las cuatro funciones pendientes de análisis en un comentario que condense lo pertinente a cada una de ellas. Confesante desde el principio, pues confesión es su relato, se advierte luego que la relación «natural» de Ángela con Don Manuel es la de penitente a penitenciario; pronto se deslizan en esa relación insospechados elementos: «volví a confesarme con él para consolarlo», dice, y su decir es revelación de que ha penetrado la infelicidad del santo, aun si todavía ignora sus causas. De ahí a la confidencia, a la comunicación operante en dos direcciones, hay una distancia rápidamente salvada. La confesante se convierte en confesora.

Transformación insólita, incidente misterioso, pero no inexplicable, antes muy explicable en contexto. Ángela sabe ya, por boca de Lázaro (otra confesión), el secreto de Don Manuel, cuando vuelve al tribunal de la penitencia, en estado de ánimo vacilante, dudando de quién sea el reo y quién el juez. Es ella quien hace la pregunta fundamental: «¿cree usted?», de donde, y después de la tácita respuesta negativa, se deriva la cuestión o petición última del sacerdote: «y ahora, Angelina, en nombre del pueblo, ¿me absuelves?».

Incidente explicable, dije, pues es claro que Don Manuel se siente culpable de ocultar a los feligreses su incredulidad, de mantenerles en el engaño. Necesita ser perdonado y solicita el perdón de quien en ese momento representa al pueblo, de la sacerdotisa (así se siente la muchacha, iluminada), que sin vacilar le absuelve.

Paralelamente a esta inversión de las posiciones iniciales respecto a la confesión, se produce alteración no menos absoluta en la relación paternofilial de Don Manuel y Ángela. El texto es explícito y acorde a las realidades presentadas: «padre espiritual» de la muchacha es el párroco santo; padre de su espíritu, en el sentido de engendrarlo y formarlo según lo conocemos. Pero, conforme va introduciéndose la hija en el alma del padre y descubriendo en sus sombras y repliegues la necesidad de consuelo, va transformándose y adaptándose a las exigencias de su nuevo papel. Siente «afecto maternal» por el padre, y por ser madre, además de ser pueblo, para consolarle, lo absuelve; cuando salen de la iglesia después de darle la absolución, «se [le] estremecían las entrañas maternales».

Y hay más: creación del padre espiritual, del guía y orientador. Atraída a su esfera y deslumbrada por la luz emanante del santo, una vez sobrepuesta al descubrimiento de las penas en que vive, además de sentirse madre, por el hecho de convertirse en cronista de sus hechos, lo hace suyo, se lo apropia y crea en el texto. Transmisora de la imagen creada, madre en verdad engendradora de su criatura, hace *su* San Manuel, el único Don Manuel que el lector conoce. Nada es preciso añadir respecto a su función como ayudante del protagonista, harto manifiesta en lo ya escrito. Explícitamente dice el texto: «le *ayudaba* en cuanto podía en su ministerio» (subrayado mío), y es llamada «diaconisa», puntualizando el carácter subordinado de su relación con el presbítero.

> Ricardo Gullón: «Relectura de *San Manuel Bueno*». Extractado en Francisco Rico (ed.), *Historia y crítica de la literatura española*, VI, Barcelona, Crítica, 1980, pp. 271-274.

3. Dos versiones de la leyenda

3.1.   *En su libro* Los cantares de gesta franceses, *el profesor Martín de Riquer estudia algunas leyendas españolas que dejaron su huella en el cantar de gesta francés titulado* Anseïs de Cartage. *He aquí el argumento del cantar según lo resume Martín de Riquer:*

Otra leyenda española deja su huella en el *Anseïs*. Se trata de la villa de Luiserne, la cual, según este cantar, fue tomada por Carlomagno tras siete años de cerco (tantos como la campaña española, según el *Roland*), y luego la entregó, con el resto de la Península, al joven Anseís. Este, al ser su reino invadido por los sarracenos, se hizo fuerte en Luiserne, ciudad que quemó cuando se vio obligado a evacuarla. Los sarracenos la reedificaron y la poblaron de nuevo. Cuando Carlomagno llega en auxilio de Anseís, ataca nuevamente Luiserne, pero deseoso de ahorrar las vidas que los guerreros cristianos perderían en una dura lucha contra ciudad tan fuerte, pide a Dios que realice un milagro. Efectivamente, Luiserne se hunde milagrosamente, y el lugar que la ocupaba queda asolado *(fondi Luiserne, tous est li lius gastés*, verso 11.313). Todavía lo ven los peregrinos que van a Santiago, comenta el poeta. Esta leyenda se encuentra en la *Chronica* del seudo Turpín, de donde evidentemente la tomó el autor del *Anseís*, aunque no sacara de ella el partido que pudiera haber extraído. Tras enumerar las ciudades españolas conquistadas por Carlomagno, dice: «Las tomó todas menos Lucerna, que está en Valle Verde *(Lucerna quae est in Valle Viridi)*, que no pudo tomarla hasta el último año, porque era muy fuerte y estaba bien abastecida. Por fin la cercó y la sitió durante cuatro meses, pero cuando vio que no la podría tomar por fuerza, rezó a Dios y a Santiago.

Entonces se derrumbaron los muros y quedó sin habitantes, y una gran agua, como un estanque, se alzó en medio de la ciudad, negra, oscura y horrible; nadaban allí grandes peces negros que aún hoy se ven en aquel estanque.»

Martín de Riquer: *Los cantares de gesta franceses*, Madrid, Gredos, 1952, pp. 249-250.

2. *La leyenda medieval que se ha reproducido en el documento anterior podía escucharse no hace mucho, con los lógicos cambios que se producen en la transmisión oral, de boca de los ribereños del lago. Luis L. Cortés y Vázquez recogió en una excursión por tierras sanabresas distintas versiones de las leyendas que se refieren al lago que visitó Unamuno, y las refundió de la siguiente manera:*

Antiguamente, en el lugar que hoy ocupa el Lago de Sanabria —que no existía—, tenía emplazamiento Villaverde de Lucerna. Cierto día se presentó en la villa un pobre pidiendo limosna —era Nuestro Señor Jesucristo—, y en todas las casas le cerraron las puertas. Tan sólo se compadecieron de él y lo atendieron unas mujeres que se hallaban cociendo pan en un horno. Pidió allí el pobre, y las mujeres le echaron un trocito de masa al horno que, tanto creció, que a duras penas pudieron sacarlo por la boca del mismo. Al ver aquello, le echaron un segundo trozo de masa, aún más chico, que aumentó mucho más de tamaño, por lo que se hizo preciso sacarlo en pedazos. Entonces diéronle el primero que salió. Cuando el pobre fue socorrido, y para castigar la falta de caridad de aquella villa, díjoles a las mujeres que abandonaran el horno y se subieran para un alto, porque iba a anegar el lugar. Cuando lo hubieron hecho y abandonaron Villaverde, dijo el pobre:

> aquí finco mi estacón,
> aquí salga un gargallón;
> aquí finco mi espada,
> aquí salga un gargallón de agua.

Tan pronto como fueron pronunciadas estas palabras, brotó impetuoso surtidor de la tierra, que en pocos momentos anegó totalmente a Villaverde de Lucerna, quedado el lago como hoy se ve. Tan sólo quedó al descubierto una islita, que jamás se cubre en las crecidas y situada exactamente en el lugar que ocupó el horno en que fue socorrido el pobre. Por lo demás, el lago conservó la virtud de que todo aquel que se acercara a él en la madrugada de San Juan y se hallare en gracia de Dios oiría tocar las campanas de la sumergida Villaverde.

Luis L. Cortés y Vázquez: «La leyenda del Lago de Sanabria», *Revista de dialectología y tradiciones populares*, IV (1948), pp. 95-96.

Orientaciones para el estudio de *San Manuel Bueno, mártir*

I. Los personajes y los temas

1. *Don Manuel*

Don Manuel, por sobrenombre Bueno (apelativo que toma Unamuno de Alonso Quijano, el Bueno), párroco de Valverde de Lucerna, es el personaje central de la novela y una de las más complejas criaturas de ficción unamunianas. La novela se organiza en torno a su lucha interior y a su comportamiento para con el pueblo. En don Manuel se condensan además muchos de los problemas que inquietaron a Unamuno durante su vida.

1.1. *Verdad frente a vida: el «pavoroso problema de la personalidad»*

Este es sin duda uno de los temas centrales que se plantean en la novela. Don Manuel no es creyente pero actúa como si lo fuese y comunica al pueblo la fe que no tiene. Nos consta que quiere creer (deseo), pero la razón se lo impide (realidad). No coinciden pues en él verdad y credo, es decir, su manera de actuar no está de acuerdo con sus creencias:

> — ¿Cómo justifica el párroco su conducta? ¿Qué argumentos ofrece?

En la novela se muestran dos maneras muy distintas de concebir la vida. Una de ellas obedece a una conciencia intelectual, racional, y está representada fundamentalmente por don Manuel y Lázaro. Para ellos, la verdad no puede armonizarse con el contenido de la fe: «La verdad, Lázaro —dice don Manuel— es algo terrible, algo intolerable, algo mortal». La muerte es el final y la fe en la otra vida no pasa de ser una ilusión. Sin embargo, ellos actúan ante el pueblo como si la fe moviera sus obras. Frente a la conciencia intelectual encontramos la fe sencilla de los campesinos. En su caso, el modo de vivir sí que responde a sus creencias: verdad y vida coinciden plenamente. La tarea incansable que se ha impuesto don Manuel es mantener las creencias del pueblo, mantenerlas al margen de la verdad, de la terrible luz de la razón.

— Señala pasajes de la novela en los que se muestre el desajuste entre vida y verdad en el caso de don Manuel. ¿Cómo enjuicias tú, a partir de tus ideas y convicciones personales, la actitud de don Manuel? ¿Es justo ocultar la verdad al pueblo con el pretexto de hacerle feliz?

Para distanciarse de su novela, Unamuno nos dice que en realidad no la escribió él sino que llegó un buen día a sus manos. Ello le permite opinar desde fuera sobre sus propias criaturas.

— ¿Cuál es la postura de Unamuno ante la conducta de don Manuel? Recuerda lo expuesto en la introducción, pero sobre todo el epílogo de la novela y el artículo del propio don Miguel, *Almas sencillas*, reproducido en el documento 1.1.

1.2. *La duda religiosa*

Don Manuel no es creyente, pero tampoco se nos muestra como un incrédulo. Él vive en un estado de duda, de incertidumbre, de combate dentro de sí mismo. No es, pues, un ateo completo, firme en sus ideas, a quien no inquiete ninguna duda sobre el futuro después de la muerte. Pero tampoco es un **creyente** que viva seguro en su fe. Su fe está entre ambas actitudes ante la vida: es una fe agónica.

— Justifica la apreciación de que don Manuel no responde plenamente ni al prototipo del creyente ni al del ateo. A partir de tus conocimientos sobre Unamuno, trata de establecer paralelismos o coincidencias entre el párroco y su creador. ¿Se podría decir que *San Manuel Bueno, mártir* tiene algo de autobiográfico?

1.3. *San Manuel y Cristo: un mismo personaje*

Los estudiosos de la novela han venido señalando la estrecha relación que existe entre la figura de don Manuel y la de Jesucristo. Por lo pronto, ambos tienen el mismo nombre: Manuel (Emmanuel) es también el nombre de Cristo, según leemos en San Mateo, 1, 23: «y se le pondrá por nombre Emmanuel, que quiere decir 'Dios con nosotros'».

— Señálense todos aquellos episodios, frases, etc., en los que se ponga de manifiesto la relación entre la vida de don Manuel y Cristo.

Pero todas las semejanzas que se pueden encontrar de modo aislado no indican nada especialmente revelador. Es necesario intentar comprender cuál es la razón por la que don Manuel y Cristo aparecen tan estrechamente relacionados. Algunos pasajes de la novela nos pueden ayudar a comprenderlo. Recordemos que el párroco pide a Ángela, en la última comunión general que reparte, que rece por Jesucristo, y recordemos también la tremenda confesión de don Manuel a Lázaro: «Más de uno de los más grandes santos, acaso el mayor, había muerto sin creer en la otra vida.»

— Relaciónense estos pasajes con el fragmento de Kierkegaard reproducido por Unamuno en el prólogo. ¿Cuál es la relación fundamental entre ellos?

Unamuno reflexionó a menudo sobre la cita que aparece al frente de la novela. En un pasaje de *Del sentimiento trágico de la vida* (la misma idea puede encontrarse en *La agonía del cristianismo*) don Miguel puso en relación las palabras de San Pablo sobre la esperanza en la resurrección de Cristo con la idea de que la inmortalidad del alma fue incorporada por el apóstol al cristianismo:

> Tal descubrimiento, el de la inmortalidad, preparado por los procesos religiosos, judaico y helénico, fue lo específicamente cristiano. Y lo llevó a cabo sobre todo Pablo de Tarso, aquel judío fariseo helenizado. Pablo no había conocido personalmente a Jesús, y por eso le descubrió como Cristo. (...) Y predicó la cruz, que era escándalo para los judíos y necedad para los griegos (I, Cor., 1, 23), y el dogma central para el Apóstol convertido fue el de la resurrección de Cristo; lo importante para él era que el Cristo se hubiese hecho hombre y hubiese muerto y resucitado, y no lo que hizo en vida; no su obra moral y pedagógica, sino su obra religiosa y eternizadora. Y fue quien escribió aquellas inmortales palabras: «Si se predica que Cristo resucitó a los muertos, ¿cómo dicen algunos entre vosotros que no hay resurrección de muertos? Porque si no hay resurrección de muertos, tampoco Cristo resucitó, y si Cristo no resucitó, vana es nuestra predicación y vuestra fe es vana... Entonces los que durmieron en Cristo se pierden. Si en esta vida sólo esperamos en Cristo, somos los más miserables de los hombres».

— De acuerdo con lo expuesto hasta ahora y una vez leído este texto, reflexiónese sobre la relación que existe entre la cita inicial de San Pablo y el contenido de la novela.

1.4. *Don Manuel y Moisés*

A lo largo de la novela se ha venido llamando la atención sobre las alusiones que se hacen a Moisés.

— Señálense los pasajes en los que se alude a Moisés y explíquese qué significado puede tener la figura del caudillo hebreo en la novela. Para ello, téngase en cuenta el apartado de la Introducción en el que se hablaba de los antecedentes de don Manuel (en concreto «El guía que perdió el camino») y el documento 1.2.

En el epílogo de la novela, Unamuno cita una frase de San Judas: «El Señor te reprenda.» Proviene de una obra apócrifa titulada *Asunción de Moisés*, donde se narra cómo se rescata a Moisés del poder de Satanás. «El que quiera entender, que entienda», sentencia Unamuno.

— ¿Cómo debemos entender estas palabras? ¿Debemos entender que al igual que Moisés fue perdonado será también perdonado don Manuel? Júzguese hasta qué punto no deseó Unamuno implicar en la salvación de Moisés y el párroco la suya propia: ¿se arrepintió Unamuno al final de su vida de su papel de sembrador de inquietudes y se identificó con la caridad del párroco?

1.5. *La fe perdida. La religión de la caridad*

El tema de la infancia recorre toda la obra de Unamuno. Para él la infancia es una etapa de felicidad en la que la fe se da de manera sencilla, natural. A medida que se crece se pierde esa fe inocente, de ahí que el Unamuno público, el hombre atormentado por las dudas, la añorara. Recordemos su frase: «Es el niño que llevamos todos dentro quien ha de justificarnos algún día.»

— Señálense todos aquellos pasajes en los que se haga referencia a la fe perdida de la infancia. Coméntese su significado en el contexto de la novela. Esta fe perdida, ¿se expresa en algún símbolo en concreto?

El párroco no tiene fe, pero actúa como si la tuviera. En cualquier caso, puede ser considerado como un hombre preocupado por las mismas cuestiones a las que responde el cristianismo.

— ¿Cuál es entonces la religión del párroco? ¿Cuáles son las ideas fundamentales de su evangelio? Debemos plantearnos además en qué medida depende su fe de la del pueblo: ¿por qué no tiene sentido su evangelio en un convento?

---

2. *Ángela y Lázaro: el secreto compartido*

Don Manuel es, sin duda, el personaje central de la novela. Pero, como se habrá comprobado en la lectura, la presencia de Ángela y Lázaro es más que notable en la obra. Aunque parezca obvio, conviene reflexionar sobre el papel que desempeñan en ella.

— ¿Por qué son necesarios en la trama? ¿Qué papel fundamental desempeñan?

2.1. *Ángela*

La etimología de este nombre nos pone sobre la pista de uno de los significados o, mejor, misiones, de este personaje en la novela.

Al igual que el sustantivo *evangelista*, *Ángela* proviene del griego ἄγγελος *(ánguelos)*, que significa 'mensajero'. Ángela narra la vida y la muerte de un hombre a quien ahora pretenden beatificar, narra una buena nueva, un evangelio.

— Justifica y amplía la idea de que el papel fundamental de Ángela es el de narradora-evangelista. ¿Qué otras misiones desempeña en la novela? Véase el documento 2.7.

El párroco hace lo posible para que Ángela no vacile en su fe, para que aparte sus dudas, para que no lea libros que rompan su inocencia antigua. Pero Ángela intuye poco a poco el secreto.

— ¿Cómo evolucionan sus creencias a lo largo de la novela? ¿Qué sucesos las marcan definitivamente? Al margen de su papel de narradora, ¿en qué momentos fundamentales de la novela interviene?

2.2. *Lázaro*

El simbolismo de este nombre resulta bien claro: Unamuno lo ha escogido para recordar al Lázaro del Evangelio, a quien Cristo resucita.

— Ahora bien: ¿de qué estado resucita don Manuel a Lázaro? ¿A qué nuevo estado espiritual le lleva? ¿En qué se diferencia su resurrección de la del Lázaro evangélico?

El personaje de Lázaro introduce en la novela un nuevo tema: si debe darse primacía a los problemas políticos y sociales sobre los de índole espiritual y religiosa o a la inversa.

> — La postura de don Manuel (¿la de Unamuno?) resulta
> clara. Reléanse y coméntense los pasajes de la novela (funda-
> mentalmente los diálogos entre don Manuel y Lázaro) en que
> aparece dicho tema.

Se ha acusado a Unamuno (léase documento 2.2) de no interesarse por los problemas sociales.

> — ¿Te parecen justas las acusaciones de Ilia Ehremburg?
> ¿Hay en el prólogo de *San Manuel Bueno, mártir* algún pasaje
> que las desmienta?

3. *La fe inocente: Blasillo*

El amor que sentía Unamuno hacia los disminuidos mentales,
los tontos, parece que arranca de una experiencia personal. Su hijo
Raimundo murió a los dos años a consecuencia de una hidrocefalia
producida por una meningitis. El tonto del pueblo aparece como
protagonista en un cuento publicado en 1895: *El semejante*. Pero el
Blasillo de *San Manuel Bueno, mártir* esta mucho más claramente
preludiado en un poema del *Cancionero* fechado en 1929:

> Blas, el bobo de la aldea,
> vive en no quebrado arrobo,
> la aldea es de Blas el bobo,
> pues toda a Blas le recrea.
>
> Blas, que se crió desde niño
> sin padres, con madre moza,
> en una perdida choza,
> libre de carnal cariño;
>
> Blas, tradición la más pura
> sabe todo el calendario,
> reza a la tarde el rosario
> y le ayuda a misa al cura.

Gracias a Blas, el bendito,
no descarga Dios su vara
sobre la aldea, la ampara
Blas, botón del infinito.

— Compárese el personaje de la novela, Blasillo, con este Blas, «el bobo de la aldea»: ¿qué puntos de contacto hay entre ellos? ¿Qué datos que no aparecían en la novela nos aporta este poema sobre Blas?

Blasillo repite como un eco, sin entenderlas, las palabras de don Manuel: «Dios mío, Dios mío, ¿por qué me has abandonado?» Incluso muere al mismo tiempo que él.

— ¿Qué función desempeña Blasillo en la novela? ¿Por qué muere al mismo tiempo que don Manuel?

Blasillo representa el grado máximo de la fe ciega, inocente, que don Manuel desea y predica para su pueblo. En el nombre de ese personaje ha visto el profesor Sánchez Barbudo una alusión a la figura de Blas Pascal (obsérvese la coincidencia, no casual, de los dos nombres: Blasillo-Blas). Recordemos dos pasajes de la novela. Cuando enferma de muerte la madre de Lázaro y Ángela, don Manuel acude a darle la extremaunción y pide a Lázaro que dé gusto a su madre en su última hora:

> Dile que rezarás por ella, a quien debes la vida, y sé que una vez que se lo prometas rezarás, y sé que luego que reces...

Poco después don Manuel revela a Lázaro su secreto:

> «Toma agua bendita, que dijo alguien, y acabarás creyendo.» Y como yo, mirándole a los ojos, le dijese: «¿Y usted celebrando misa ha acabado por creer?», él bajó la mirada al lago y se le llenaron los ojos de lágrimas.

Ese alguien, que don Manuel no nombra, es Pascal, que escribió en sus *Pensamientos* (núm. 418):

> Queréis llegar a la fe y no conocéis el camino; (...) aprended de quienes han estado atados como vosotros (...); son gentes que conocen este camino que quisierais seguir, y que están curadas de un mal de que queréis curaros. Seguid la manera como han comenzado; haciéndolo todo como si creyeran, tomando agua bendita, haciendo decir misas, etcétera. Naturalmente, hasta esto os hará creer y os embrutecerá.

En el capítulo IX de *La agonía del cristianismo*, titulado «La fe pascaliana», Unamuno reproduce también la cita de Pascal:

> En otra parte nos habla «de las personas sencillas que creen sin razonar» (...). El pobre matemático, «caña pensante», que era Pascal, Blas Pascal (...) buscaba una creencia útil que le salvara de su razón. Y la buscaba en la sumisión y en el hábito. «Eso os hará creer y os entontecerá.»

El único modo eficaz que se propone en la novela para acceder a la fe es el de Pascal. O se es por nacimiento o educación un *alma sencilla* o, si no, hay que acomodarse a la actitud de Pascal o a la de don Manuel.

— ¿Crees que la fe y la actitud de todos los creyentes está comprendida en las opciones que ofrece la novela?

II. Valverde de Lucerna. El paisaje y su simbolismo

El prólogo a la novela nos aclara que Valverde de Lucerna es una aldea que no forma parte del mundo, de la historia, sino de la intrahistoria.

— Señala las razones que expone Unamuno en el prólogo por las que decide situar el relato en la intrahistoria.

> — ¿Hay datos en la novela que permitan situar el relato en unas coordenadas históricas precisas?

«Escenario hay en *San Manuel Bueno, mártir* —dice Unamuno en el prólogo— sugerido por el maravilloso y tan sugestivo lago de San Martín de Castañeda, en Sanabria, al pie de las ruinas de un convento de bernardos y donde vive la leyenda de una ciudad, Valverde de Lucerna, que yace en el fondo de las aguas del lago.»

> — Léanse los documentos 3.1 y 3.2. Júzguese qué aspectos de la leyenda aprovechó Unamuno, qué uso hizo de ella.

Unamuno utiliza además la leyenda de la villa sumergida con una doble intención simbólica. Ese villa «sumergida en el lago espiritual de nuestro pueblo» representa el recuerdo de los muertos de la aldea, el recuerdo de aquellos que han hecho posible la vida que hoy tiene el pueblo. Para Unamuno, los muertos forman la parte escondida del iceberg en la que se sustentan los vivos, a los que influyen en sus creencias, en su conducta. Don Manuel se sumerge en el lago de la fe de los que murieron, para que ellos sostengan la suya.

Pero además de esta dimensión social, la leyenda de la villa sumergida tiene otro simbolismo individual centrado en la propia figura de don Manuel. Se nos dice que «había en sus ojos toda la hondura azul de nuestro lago», y recuérdense sobre todo estas palabras de Ángela:

> Yo creo (...) que en el fondo del alma de nuestro don Manuel hay también sumergida, ahogada, una villa, y que alguna vez se oyen sus campanadas.

> — ¿Qué puede simbolizar esta villa sumergida en el alma de don Manuel?

La crítica ha dedicado un gran esfuerzo a desentrañar el significado simbólico de la montaña, el lago, la nieve... La conclusión a la que se ha llegado es que debemos evitar atribuir un solo significado a cada uno de estos elementos. La montaña no significa siempre lo mismo y el lago tampoco: no son símbolos unívocos. Como ya quedó señalado, encontramos en la novela dos maneras opuestas de entender el mundo: la de los creyentes y la de los que poseen «la verdad». El lago y la montaña no tienen el mismo significado para unos y para otros. Es importante no olvidar este extremo a la hora de intentar desentrañar el significado de esos elementos del paisaje.

— Teniendo en cuenta lo que acabamos de precisar acerca de su condición de símbolos no unívocos, trata de extraer ahora unas conclusiones sobre el significado del lago, la montaña y la nieve. Por lo que respecta al lago (acaso el elemento más importante), téngase presente el documento 2.6.

III. Construcción de *San Manuel Bueno, mártir*

Unamuno podría haber utilizado distintos procedimientos para escribir la novela. Podría haber partido de la actitud del escritor omnisciente y haber narrado en tercera persona la historia. Podría haberla escrito en primera persona convirtiendo al protagonista en narrador (con lo que hubiera tenido que revelar quizá desde el principio el «secreto» de la novela), o acudir, como hace, a la perspectiva de un testigo de los hechos. Es este último aspecto el que vamos a considerar.

1. *Perspectivismo*

Aunque parezca evidente, no debemos olvidar que es Ángela quien cuenta la vida del párroco, su evangelio, pues vamos a conocer a don Manuel desde su punto de vista. A veces Ángela narra la historia según ella la recuerda, a veces sabemos que lo que ella nos cuenta se lo ha referido antes otra persona ya que ella no fue testigo del episodio o la conversación que relata.

— Señala pasajes en los que se observe este extremo y reflexiónese sobre lo que consigue Unamuno con ello.

En un apartado anterior hemos señalado que hay en la novela dos modos muy distintos de concebir el mundo: el de los que creen y el de los que no creen. Este hecho determina que unos y otros ofrezcan una perspectiva diferente de la realidad que ven.

— Señala pasajes de la novela en los que se ponga claramente de relieve la distinta manera en que se contempla el modo de actuar del párroco, es decir, cómo lo ve el pueblo y cómo contempla don Manuel sus propias acciones.
— Aunque no lo sepamos nunca, es interesante plantearse cómo hubieran sido las memorias de don Manuel caso de haberlas escrito él mismo.

Una lectura atenta de la novela nos revelará cómo varía la seguridad de Ángela con respecto a lo que está narrando. Al principio es una cronista fiel que recuerda el pasado con nitidez, pero poco a poco va perdiendo la seguridad.

— Señálense frases en las que se demuestre esta paulatina falta de confianza en la realidad de lo que narra.

Ángela acaba confundiendo al lector, al confesar que no es capaz de ser objetiva: ¿debemos creer lo que nos ha relatado?

Unamuno complica aún más la cuestión, pues él no duda de la realidad del relato, según nos confiesa en el epílogo:

> De la realidad de este San Manuel Bueno, mártir, tal como me lo ha revelado su discípula e hija espiritual, Ángela Carballino, de esta realidad no se me ocurre dudar. Creo en ella más que creía el mismo santo; creo en ella más que creo en mi propia realidad.

Estas palabras de Unamuno hay que entenderlas teniendo en cuenta que él no quiere que le consideremos autor de la novela sino su simple editor. Es la técnica que se llama del «manuscrito encontrado».

— ¿Qué fin persigue Unamuno al utilizar este procedimiento narrativo? ¿Qué efecto consigue?

---

2. *El tiempo*

Valverde de Lucerna no es un lugar histórico sino intrahistórico, como lo es el tiempo en el que transcurre la historia, es decir, que ésta no tiene lugar hoy ni lo tuvo ayer, o lo tendrá mañana, sino que se desarrolla en un tiempo que está fuera de estas coordenadas y que podríamos llamar *siempre*. El relato está enmarcado por la palabra *Ahora* que abre la novela y que también la cierra, pues las últimas reflexiones de Ángela tienen lugar al hilo de un «Y ahora...». El tiempo de la novela transcurre entre estos dos *ahoras* tan inconcretos, tan vagos, como quedó señalado en **45.** Esta dimensión temporal se refleja además en los tiempos verbales de la novela.

— Ayudado por el documento 2.4, escoge algunos pasajes concretos de la novela, señala los tiempos de los verbos y reflexiona sobre su valor. Observa cómo el espacio intrahistórico —Valverde de Lucerna— y el tiempo en que transcurre la trama están sólidamente imbricados.

3. *Estructura*

A lo largo de la lectura de la obra se ha ido sugiriendo una división de la novela en partes. Se trata ahora de recapitular lo que se ha señalado antes y de proponer una estructura. Para ello debe investigarse sobre el orden que siguió el autor para presentarnos la trama, de suerte que cada una de las partes del relato nos ofrezca un contenido homogéneo que posea una cierta independencia dentro de la novela. En otras palabras, se trata de encontrar un sentido a la manera en la que están dispuestas las secuencias de la novela.

— ¿Cuántas partes encontramos en la novela y por qué?

— ¿Qué diferencias existen entre ellas? Debes detenerte en diferencias de contenido, aparición de personajes, estilo, etc. Posiblemente puedas dividir alguna parte en subpartes.

— ¿Por qué no aparece dividida la novela en capítulos y sí en pequeñas secuencias sin numerar? ¿Qué perseguía con ello Unamuno?

— ¿Qué justificación tiene el epílogo en el que habla Unamuno?

SE TERMINÓ DE IMPRIMIR ESTA EDICIÓN
EL DÍA 2 DE SEPTIEMBRE DE 1988

LAUS  DEO